# 追放王子の英雄紋！３

## 〜追い出された元第六王子は、実は史上最強の英雄でした〜

A L P H A　L I G H T

雪華慧太
Yukihana Keita

# 登場人物紹介

## レオン

四英雄と呼ばれた獅子王ジークの記憶を持つ、元王子の冒険者。
自分と同じく転生しているかもしれない四英雄の仲間を探す。

## フレア

レオンと契約する炎の高位精霊。実は鬼の血を引いている。

## ティアナ

ハーフエルフのシスター。
教会で孤児を育てている。

ゼキレオス

大国アルファリシアの国王。
騎士王と称される武人でもある。

# 1　黒い紋章

辺境の小国バルファレストの第六王子として生まれたレオン。

彼は母親が平民であったことで、腹違いの兄たちからことあるごとに嫌がらせを受けていた。

そして、父である国王が亡くなった翌日、レオンは彼らにその命さえも狙われる。兵士たちに囲まれ絶体絶命の状況の中、レオンの右手に輝き始める真紅の英雄紋。そう、レオンは二千年前に最強と呼ばれていた四英雄の一人、獅子王ジークの生まれ変わりだったのだ。

無慈悲で性悪な兄たちを完膚なきまでに打ちのめしたレオンは、かつての仲間を探すために大国アルファリシアへと旅に出る。

そこで出会ったハーフエルフのシスターのティアナや、元翼人の聖騎士ロザミアと冒険者パーティを組んだレオンは、目覚ましい活躍を見せた。

その結果、大国の女将軍ミネルバや剣聖の娘レイア、そして王女オリビアの目に留まり、王宮に招待される。

王女の護衛として王宮の舞踏会でも活躍した彼は、アルファリシアの特級名誉騎士の称号を得るのだった。

前途洋々に思えたそんな矢先、冒険者ギルドから依頼を受けてとある現場に駆け付けると、人狼の群れを率いる女王と戦うことになる。

前世で受けた呪いの影響で未だ真の力を発揮出来ないでいるレオンは、九つの尾を持つ恐るべき力を秘めた女王を前に、苦戦を強いられた。

女王の攻撃に貫かれ、敗北を喫したと思われたその時、ティアナの悲痛な叫びに応えるように呪いを打ち破ったレオン。

僅かな時ではあったが、彼は本来の自分——獅子王ジークの姿を取り戻し、人狼の女王の首を刎ね、皆の窮地を救ったのだった。

「あれが獅子王ジーク……レオンの本当の姿なのか?」

レイアは思わずそう呟いた。

二千年前——

強力な魔物がはびこっていたこの世界、ミルドレディン。

そこには闇を屠り魔を倒す、倒魔人と呼ばれる存在がいた。

その中でも最強と呼ばれる者たちを、人々は四英雄と呼んで称えたと言う。

一人は燃え上がるような紅蓮の髪を靡かせ、四英雄最強と呼ばれた男、獅子王ジーク。

そして、彼に肩を並べるほどの強さを誇ったと言われる雷の紋章を持つ男、雷神エルフイウス。雷が如きその動きは、常人が捉えることは決して叶わなかったと言う。

また、水の紋章を持ち、水の女神と呼ばれたエルフの聖女アクアリーテは多くの者を癒し、最後の一人についてはどの伝承にも書き残されていない。

いずれも多くの謎に包まれた、二千年前の英雄たちだ。

剣聖の娘であるレイアは、伝承に描かれたそんな昔話を思い出した。

そして、異次元の強さを誇る人狼の女王をこともなげに打ち倒した、炎のように赤い髪を持つ青年の姿を。

（あれが四英雄……信じられない強さだった。あの黒い宝玉が何かは分からないが、あれを呑み込んだ女王の強さは尋常ではなかった。この周囲一帯が、奴の闇の結界の一部になってしまうほどの恐るべきものだ。それを、たった剣の一振りで……）

闇の眷属の中でも、あれほどの力を持つ者は稀有だろう。

少なくとも、大国アルファリシアで銀竜騎士団の副長を務めるレイアでさえ、あそこまでの闇の力を感じたことは、これまでなかった。

（あの女は、二千年前と同じことがこの地で起きようとしていると言っていた。二千年前に起きるはずだったこととは何だ？　一体、このアルファリシアで何が起きようとしてい

るのだ）

人魔錬成を行う闇の術師、そして普段は群れることのない人狼を率いる女王の存在。

あの黒い宝玉のこともある。

急速に、レイアは不安に駆られていた。

そんな中、ティアナはレオンの胸にしっかりと頬を寄せて、ロザミアはレオンが生きていたことが嬉しくて仕方ない様子で、泣きながらレオンを抱きしめる。

「主殿！　主殿‼　ぐす……よかった、私を置いて死んだりしたら許さない」

そんなロザミアの頭を撫でるレオンの姿を見て、レイアは少し羨ましく思えた。

自分が同じ年頃なら、きっとロザミアと同じようにしていたに違いない。

べそをかくロザミアを優しく撫でながら、レオンは肩で息をする。

「泣くなよロザミア。にしても、今回は流石に少々疲れたぜ……」

ティアナは、自分を抱きかかえながら治療を行っていたレオンの膝が、地面につくのを感じた。

普段は見せることのない苦しげな表情をする彼に気が付いて、思わず声を上げる。

「レオンさん！　どうしたんですか？　レオンさん⁉」

「はは、心配するなよティアナ。少し休めばなんとかなる……さ」

レイアは、そう言ったレオンの右手の紋章が、黒く染まっていくのを見た。

「レオン！　その紋章は⁉」

彼女の問いかけに返答はなく、レオンの体はゆっくりと前のめりに地面に倒れた。

それを見て悲痛な声を上げるティアナとロザミア。

「レオンさん！！！」

「主殿‼　どうしたのだ？　主殿！！？」

必死に呼びかける二人。

レオンの周りには、彼の相棒ともいえる精霊のシルフィとフレアの姿も見える。

ロザミアは彼女たちに向かって叫んだ。

「シルフィ！　フレア！　主殿が‼」

精霊たちはレオンの紋章を眺めながら答えた。

「恐らくはレオンがかつて受けた呪いの影響ね。フレア、貴方はどう思う？」

「間違いないわね。僅かな時とはいえ、レオンは確かに呪いを打ち破った。その代償だとしたら頷けるわ」

紋章を染める黒い色は次第に右手の甲から、手首、そしてもう腕にまで侵食しており、
レオンが完全に意識を失っているのが分かる。

シルフィとフレアはそれを見て唇を噛みしめた。

「どうするのフレア、このまま放っておいたら危険よ？　命に関わるわ」

「そんなこと分かってるわよ、シルフィ！」

それを聞いてレイアは青ざめた。

「呪いの代償だと⁉　一体どうすれば良いのだ、私が出来ることなら何でもする‼」

青い髪を靡かせた凛とした美貌に、断固たる決意が浮かんでいる。

ゆっくりと、だが確実に黒い痣のようなものが広がっていくレオンの右腕を見て、レイアは思う。

それがこのまま進めば、レオンの命を蝕むことになるのは、精霊たちの様子からも明らかだ。

（私の命を捧げても彼を救わなくては。この国のため、そしてミネルバ様やオリビア様のためにも）

指先でそっと触れたレオンの体が、冷たくなっていくのが分かる。

自然に何かが彼女の頬を伝っていった。

冷厳の騎士と呼ばれた女剣士の涙。

その時レイアは気が付いた。

（……いや、違う。私が彼に死んで欲しくないんだ）

ティアナとロザミアも泣きながら精霊たちに救いを求めた。

「私も何でもします！　だからレオンさんを‼」

「フレア！　シルフィ‼」

その時、一人の男が金切り声を上げた。

「な、何を言っている！　い、今は仕事の最中だ！　は、早く都に戻るのが先に決まっているだろう⁉　あんな、化け物がいたんだぞ！　俺は報告のためにギルドに戻る！　お、お前たちも一緒に来い、俺たちの護衛をしろ‼」

声を上げたのはアーロンだ。

冒険者ギルドではギルド長のジェフリーに次ぐＳＳランクの地位を持つ男だが、うぬぼれが強く傲慢だ。レオンに戦いを挑み、惨めに敗れ去ったことを根に持っている。

彼はティアナとロザミアに叫ぶ。

「この隊のリーダーは俺だ！　俺の命令に従え‼　そいつよりも、この俺の命を守るんだ！」

レオンのお蔭で命を救われた冒険者たちも、次第に目を覚ましていく。

アーロンは彼らにも同調を求めた。

「お前たちもそう思うだろうが？　今はこんな奴よりも俺たちの命の方が大事だ‼」

大きく腕を振って、仲間の冒険者たちにそう主張するアーロンの姿。それを冒険者たちは冷たい目で見ている。

そして口々に言った。

「……クズ野郎」

「アーロン。もうお前の命令に従う気はない。この人は俺たちのために戦ってくれた。隊を率いるべきリーダーであるお前が逃げようとした時にな」

「俺たち冒険者だって、恩人を捨てて逃げるほど腐っちまったら終わりだ」

アーロンはそれを聞いて怒りの声を上げた。

「何言ってやがる！　俺はＳＳランクだぞ！　俺の命には価値があるんだ！　お前たちみたいなやつらとは違うんだ‼」

そう口走って、アーロンは遅れて口をつぐむ。

後衛を務めていた女性の魔導士たちが、氷のように冷たい目で彼を見つめる。

「最低ね」

「一人で帰りなさいよ」

「ジェフリーギルド長なら絶対に彼を置いて帰ったりしない。私たちにだって冒険者としての誇りがある。彼は私たちのために戦ってくれたわ！　貴方にはそんなことさえ分からないの！！？」

自分が率いてきたはずの冒険者たちの軽蔑の眼差しに、アーロンはその場にぺたんと腰を落とすとガクリとうなだれる。

そんなアーロンには見向きもせずに、冒険者たちは申し出た。

「俺たちにも出来ることがあれば何でも言ってくれ！」

「彼は命の恩人よ！　彼のためなら私たちも何でもするわ！」

ティアナとロザミア、そしてレイアも再び精霊たちに願う。

「お願いフレアさん、シルフィさん！　レオンさんを助けて‼」

「主殿のためならば命など惜しくはない！」

「ああ、ティアナ、ロザミア！」

冒険者たちと三人の真剣な瞳を受けて、二人の精霊は見つめ合う。

そして、静かに頷いた。

「分かったわ。上手くいくかどうかは分からないけど、一つだけ方法があるかもしれない」

シルフィのその言葉にフレアも頷くと、ティアナたちに言う。

「あれをやるのね、シルフィ」

シルフィは力を解放して白い狼の姿へと変わる。

「ええ、もう時間がないわよフレア！」

「分かってるわ！」

フレアは大粒のルビーを天に掲げる。

それは、あの舞踏会の後でセーラから受け取ったものだ。

「これがあって良かったわ。一度きりしか使えないけれど、レオンを救うためなら惜しくないもの！」

その宝石の中に小さな炎が湧き上がると、それはまるでフレアに力を与えるかのように燃え盛っていく。

炎の強さが極限まで達した時、大粒のルビーはその輝きに耐えかねたように砕け散ると、解放された力がフレアの炎に吸い込まれた。

「私の真の姿を見せてあげる。ティアナ、ロザミア、それにレイア。貴方たちの命、私たちに預けてもらうわよ！」

強力な魔力を放ち始めるフレアの言葉に、ティアナたちは迷いなく大きく頷いた。

大粒のルビーに秘められた力が、フレアが身に纏う炎に吸い込まれていくと同時に、小さな妖精のような彼女の外見に変化が生じていく。

ティアナが思わず声を漏らした。

「フレアさんの姿が！」

ロザミアとレイアも頷く。

「ああ！」

「あの姿……それにこの力は⁉」

レイアでさえそう口にするほど、フレアが身に纏う炎には強烈な力が宿っている。

彼女の周囲に湧き上がる炎が、新たな姿を作り出したかのように、そこには赤い髪を炎のように靡かせた少女が立っていた。

レオンの肩に乗るほどの大きさだったフレアは、今では十歳ほどの人間の姿をしている。

だが、もっと特徴的なのはその額だ。

強烈な力を生み出しているのは、フレアの額から生えた一本の角だ。

そこから放たれる強力な力が、彼女を中心に、地上に紅の魔法陣を描いていく。

凄まじい力を宿した少女の姿を見て、ロザミアが呟いた。

「この力、そしてあの額の角。フレアはもしや……」

ロザミアの顔は、かつて翼人の聖騎士だった頃の凛とした精悍さを取り戻している。

その横でレイアが頷いた。

「ああ、私も聞いたことがある。遥か東方のヤマトと呼ばれる大地に、人に似てはいるが額に角がある『鬼』と呼ばれる者たちがいると。彼らの中には神通力という強烈な力を身に宿している者もいると聞くが」

シルフィは彼女たちに答えた。

「ええ、あれがフレアの本当の姿よ。正確に言えば、精霊になる前のフレアの姿と言った方がいいかしら。精霊と化すほどの鬼の中には、かつて土地神と呼ばれていた者もいるわ」

「土地神だと？　フレアがそうだというのか」

　レイアは思う。

（土地神というのは、小さな集落や村の守り神のような存在だ。そんな存在を従わせるなどと。一体四英雄とはどれほどの力の持ち主なのだ。だが、先程の戦いぶりを見ればそれも頷ける）

　フレアはレオンの姿を見つめると叫んだ。

「シルフィ、もう時間がないわ。始めるわよ！」

　レオンを侵食する痣は、まるで黒い炎のごとく全身へと広がり始めていた。

「分かってるわよ相棒！」

　そう言って大きく吠えた白狼がレオンの傍に立つと、彼女を中心に風の魔法陣が描かれていく。

　そこから生じる風の流れが、黒い炎のようなものを、少しずつフレアが立つ場所へと運んでいった。

　レイアは思わず声を上げた。

「あれは、レオンの魔力か！」

　シルフィは頷く。

「ええ、呪いに侵食されているレオンの魔力。それを浄化してもう一度レオンの肉体に戻すのよ。それしか、方法が思いつかない」

　ロザミアはシルフィに尋ねた。

「浄化するだと？　一体どうやって⁉　主殿でさえ解けぬ呪いなのだろう！」

　その問いに、シルフィに代わって、フレアが真っすぐにロザミアを見つめて答えた。

「分かってるわ。でも、やるしかないのよロザミア。そうしなければレオンは死ぬ。貴方はそれでいいの？」

　フレアの言葉にロザミアは拳を握り締める。

　そして思い出した。

　卑劣な手段でヴァンパイアの支配下に置かれた自分を、レオンが元の姿に戻してくれたあの時のことを。

　その時にもう決めていたことがあるのだと。

「いいはずがない！　主殿が死ぬ時は、私が死ぬ時だ。あの時、私はそう決めたのだ。私の力も使ってくれ、主殿のためならこの命、惜しくなどない」

「分かったわロザミア。力を貸して頂戴」

　そう言って差し出されるフレアの手を、ロザミアはしっかりと握る。

　そんな二人の前に、ティアナの手が差し出された。

「私の力も使ってください。レオンさんがいなければ今、ここに私はいなかった。あの子たちだって、きっとレオンさんが帰ってくるのを待ってるもの！」

「ティアナ……」

フレアは孤児院の子供たちの顔を思い出す。

そしてティアナの手を取った。

「そうね。きっと待ってる！」

手を取り合い、フレアが地上に作り出した紅の魔法陣の中央に立つ三人。

レイアもその輪の中に加わった。

「オリビア殿下やミネルバ様もな。子供たちと一緒に入った温泉は楽しかった。また一緒に入りたい、そうだろう？　みんな」

その言葉に皆は頷いた。

「「「ええ！　またみんなで一緒に‼」」」

願いを込めて手と手を取り合い、輪になった彼女たちは決意を込めた眼差しで、それぞれの魔力や闘気を高めていく。

それが繋いだ手からフレアへと伝わっていった。

（レオン、感じる？　みんなこんなにも貴方のことを思ってる。私たちだけじゃ帰れない。貴方と一緒じゃなければ、決してね！）

さらに高まっていくフレアの力。

気が付くと、彼女たちを取り囲むように、レオンに救われた冒険者たちも手を繋ぎ、輪を作っている。

「私たちの力も！」

「この人は命の恩人だ！　ここで命を懸けられなきゃ、ジェフリーギルド長に合わせる顔がねえ‼」

「「「ええ‼」」」

フレアはそれを見て小さく頷いた。

額の角がまるでその力の象徴のように、輝きを増していく。

そして輝きが限界に達した時、フレアは叫んだ。

「いくわよ！　対呪術術式！　紅ノ陣‼」

その刹那、大地に描かれた魔法陣が紅の輝きを放つ。

同時にシルフィの作り出した風が、レオンの魔力をそこへ流し込んでいく。

レオンの英雄紋を侵食している黒い炎のようなものが、フレアが作り出す火炎と混じり合って、それをも黒く塗りつぶすように呑み込もうとしているのが分かった。

「ううう‼」

思わずレイアは唇を噛みしめた。嘔吐しそうになるほどの悪寒が全身を駆け抜けていく。

（これが、レオンにかけられている呪いか⁉　一体何者がこんな呪いを、なんというおぞ

ましさだ）

銀竜騎士団の副長を務めるほどの女騎士であるレイアの美貌が、苦しげに歪む。

冒険者たちの中には、膝をついて実際に嘔吐している者も多い。

「ぐっ！　ぐううう‼」

「な、何なのこの感覚‼」

次々と膝を屈していく彼らの中で、ロザミアとティアナは必死に唇を噛みしめていた。

「くっ！」

「レオンさん！」

ティアナは震える膝に力を入れて、仲間の手を握り締める。

レイアも必死に彼女たちの手を握り返した。

それが功を奏したのか、次第に黒い炎はフレアが作り出した炎に呑み込まれていく。

そして、真紅に燃え上がる炎は、再びシルフィが作り出した風に乗って、新鮮な血液のようにレオンの肉体に運ばれていった。

ゆっくりと、だが確実に浄化されていく黒い炎。

まるで時が止まっているかのように、時間が長く感じられる。

レイアはそう思った。

必死に力を振り絞るも、立っていられるのがもう限界だと感じられたその時――

レオンの右手の紋章が真紅の輝きを取り戻していくのが見えた。

ロザミアが思わず声を上げた。

「見ろフレア！　主殿の紋章の色が変わっていく‼」

術の要であるフレアも、それを見て目を輝かせた。

「ええ！　ロザミア、みんな！　もう少しよ！　頑張って頂戴‼」

「「ええ！！！」」

紋章の色の変化が、彼女たちに再び希望の灯をともした。

冒険者たちが次々に気を失っていく中、三人は歯を食いしばりながら最後の力を振り絞る。

「レオンさん！」

「主殿‼」

「レオン‼」

願いを込めた叫びがフレアの耳に届くと、彼女も声を上げる。

「はぁああああああ‼　いけぇえええええええ‼」

小さな体を震わせて、全身全霊の力を込めたフレア。その頭上に渦を巻く炎がシルフィの風と溶け合い、一気に残りの黒い炎を焼き尽くしていく。

同時に、黒炎を呑み込み生み出された美しい赤い炎が、レオンの体の中に吸い込まれていった。

次第にレオンの英雄紋が完全に元の色を取り戻す。

そして、レオンの心臓の鼓動が再び強く打ち始めるのを、精霊たちは感じた。

シルフィが歓喜の声を上げる。

「やった！　成功よ‼」

フレアもふらつきながら笑みを浮かべた。

「ええ、シルフィ！　やったわ、みんな‼　もう大丈夫、きっとすぐに目を覚ますわ」

次第に顔色が良くなっていくレオンを見て、ティアナたちは安堵の吐息を漏らした。

「レオンさん、良かった……」

「主殿、目が覚めたら私をギュッとしてくれ。頑張ったのだぞ」

レイアはそれを聞いて、思わず笑顔になる。

先程まで感じていた悪寒はもうない。

フレアの炎があの黒い炎を完全に焼き尽くしたのだろう。

「ふふ……そうだな。私もギュッとしてもらいたい」

安心のあまり、冷厳の騎士と呼ばれる彼女としてはあり得ない言葉が口に出た。

思いがけないレイアの言葉に、ティアナとロザミアはレイアを見つめる。

その視線に気が付いて慌てるレイア。

「な！　軽い冗談だ！　き、決まってるだろう？」

真っ赤になっていくレイアを見て、ティアナは噴き出した。

「もう、レイアさんったら」

一方でロザミアは、白い翼を羽ばたかせて頬を膨らませた。

「むぅ！　私が先にギュッとしてもらうのだからな！」

そんな中、フレアが首を横に振って肩をすくめる。

「悪いけど一番最初は私よ。せっかくこの姿に戻ったんだもの。元の体に戻らないうちにね」

シルフィが諦めたとばかりに溜め息をつく。

「はぁ、私が最初って言いたいけど、今回ばっかりはフレアが一番の功労者だもんね。仕方ない、譲ってあげるわ」

「そうですね。じゃ、じゃあ私も最後にギュッとしてもらおうかなぁ」

ティアナのその言葉に、皆は顔を見合わせると笑った。

すっかり顔色が良くなったレオンを嬉しそうに見つめる。

まだ顔が少し赤いレイアは、コホンと咳払いをして、話を逸らすかのようにフレアに尋ねる。

「それにしても、あれほどの力。フレアとレオンがどうやって出会ったのか興味があるな」

　フレアはその問いには答えずに肩をすくめると、レオンに歩み寄る。

「レオン……いいえ獅子王ジークには借りがあるのよ。とても大きなね」

「借り？」

　レイアがそう問い返した時――

　フレアの目が見開かれる。

「そんな……どうして？」

　そう呟くフレアに、ロザミアが尋ねる。

「どうしたのだ？　フレア」

　フレアの視線の先を見て、彼女たちは凍り付いた。

　ティアナとレイアが呻く。

「そんな……」

「レオンの紋章が」

　その言葉通り、レオンの英雄紋に再び変化が生じていく。

　美しい真紅の紋章に小さな黒い染みが出来たと思うと、それがじわじわと広がっていった。

　シルフィが悲痛な声を上げた。

「そんな！　どうして？　完全に浄化したはずよ‼」

その瞬間――

紋章の色が一気に黒く染まると、先程よりも激しくレオンの体を侵食し始める。

「レオン！　うぐぅ！！！」

レオンのすぐ傍に歩み寄っていたフレアが呻き声を上げた。

ティアナたちが悲鳴を発する。

「きゃぁあああ！　フレアさん‼」

「フレア‼」

まるで黒い大蛇のような黒炎が、レオンの体から溢れ出てフレアを締め上げていく。

少女姿の鬼の華奢な体がビクンと痙攣した。

フレアの鮮やかな赤い髪が黒く侵食されていくのが見える。

「くう！　うぁ‼」

反り返るフレアの体と、ぴんと伸ばされる手足。

「フレア‼」

彼女を救おうと駆け寄るシルフィを、黒い炎の渦がはねのける。

次第に黒炎に包まれていくフレアの姿。

そして、ついにはその力の象徴ともいえる角までが黒く染まっていった。

レイアはあまりの光景に呆然とする。

今感じる悪寒は先程よりも遥かに強い。

「そ、そんな……」

絶望的な状況に彼女たちが立ち尽くす中、鬼の少女の姿は完全に黒い炎に包まれて、フレアの意識はそこで途切れた。

## 2　土地神

私の名前はフレア。

いいえ、違う。

二千年前のあの日、私には名前さえもなかった。

私は鬼の血を引いて生まれた。

鬼に襲われた母から生まれた、呪われた娘。

私を産んだ後、母は角が生えている私の姿を見たショックで命を落としたという。

母の父と母は私を憎んで、いつも太い棒切れで私のことを殴った。

酷く打ち据えても殺すことはせずに、まるでもっと苦しめといわんばかりに。

私が生まれてきたこと自体が罪なのだと、彼らは言った。

痛くて、悲しくて私は泣いた。

とても辛くて、ある日、祖父と祖母の目を盗んで逃げ出した。

まだ六歳だった私は、まるで獣のように野を駆け、生まれた土地を離れた。

普通の人間なら死んでいただろう。

皮肉なことに私の命を救ったのは、この体に流れる呪われた鬼の血だ。

寒さに震えながらも洞窟に身を隠し、山で木の実を食べ、川で魚を獲って飢えをしのいだ。

一人で洞窟の中にいると涙ばかりが出た。

「わたしは……罪……おかあさん……殺した」

野山を渡り歩く日々の中で、私は小さな集落と村人たちを見かけた。

人間が怖くて、私は彼らの様子を遠くから見守っていた。

私と同じぐらいの歳の子供たちの手を握って微笑む、女の人の姿。

子供はその人のことを嬉しそうに「お母さん」と呼んでいた。

私がそれが悲しくて、山の奥に入って叫んだ。

「あああああああ！！！」

私の手を握ってくれる人は誰もいない。

私が鬼だから。

私が生まれてきたことが罪だから。

ボロボロと涙が零れた。

心が引き裂かれてしまいそうで、いつまでもその場に立ち尽くしていた。

そんなある日、私が身をひそめていた洞窟の傍に、木こりたちがやってきた。

怖くて、でも人恋しくて、物陰に身を隠しながら私は彼らの話を聞いていた。

「ほんとうに、この地の者がこうして穏やかに暮らせるのも、土地神様のお蔭じゃのう」

「まったくだ。村の人間が魔物を恐れずに生きていけるのも、山の社におられる土地神様のお蔭だからな」

彼らは土地神と呼ばれる誰かの話をしていた。

そして、一人の木こりが言った。

「また社に願掛けをしに行かねばな。お札も届けねばならんし」

「ああ、土地神様ならば、これからも我らの願いを聞き届けてくださるに違いない」

土地神という神様が願いを聞いてくれる。

彼らはそう話していた。

私は、こっそりと彼らの後をつけて、山奥にある社に向かった。

彼らは山で捕らえた獲物を社に並べて恭しく礼をすると、願いを口々に語って山を下りて行った。

私はその後、ねぐらの洞窟に戻って、大事にとっておいた木の実を手にいっぱいに抱えた。

そして、川に行って魚を捕った。それを葉で包むと、私は木の実と一緒に腕に抱えて社に向かって走った。

息を切らして、胸の高鳴りを隠し切れずに。

木こりたちが言っていたから。

土地神様は願いを聞いてくれると。

だから走った、今私が持っているものを全部腕に抱えて。

私は再び社にたどり着くと、木こりたちがやっていたように供え物を社の軒下に並べて祈った。

私の願いを、心を込めて。

「どうしたんだい？　そんなに必死に祈って」

どれぐらい経ったのだろう。

気が付くと、私の前に一人の女性が立っていた。

声をかけられたことに驚いて逃げようとすると、彼女は言った。

「何で逃げるんだい？　チビ助。あんた、私に願い事があってわざわざこんな山奥まで来たんだろう？」

その言葉に私は足を止めた。

この人が、木こりたちが言っていた土地神様なんだって分かったから。

恐る恐る、もう一度しっかりと彼女を見上げる。

こちらを不思議そうに眺めるその女性の額には、私と同じ鬼の角があった。

あちらも私の角に気が付いたのか、口を開いた。

「何だい、あんたも鬼の血を引いているみたいだね。いいさ、願いを言ってみな。聞いてやるからさ」

それを聞いて私の胸は再び高鳴った。

そして、彼女を見上げながら願いを口にした。

「私、人間になりたい！　人間になりたいの‼」

私が鬼だからお母さんは死んだ。

鬼だから生きているのが罪だと言われた。

だから、私は人間になりたかった。

土地神様ならきっと願いを叶えてくれる。

そう信じて。

でも、彼女は私にこう言った。

「人間になりたい？　困ったね。私にそんな器用な真似は出来ないよ。悪いが私は荒事専門でね。村を襲う魔物を退治するってんならお手のもんなんだけどさ」

それを聞いて私は落胆した。

神様なら私を救ってくれると思っていたから。

私が俯いていると、彼女は言った。

「美味そうな魚だね。丁度腹が空いてたんだ。だけど願いが叶えてやれないなら食っちまうわけにもいかないか」

彼女のその言葉に、私は首を横に振った。

すると彼女は私に尋ねた。

「食べてもいいのかい？」

私はこくりと頷いた。

他に私の願いを聞いてくれる神様はいない。

この供え物を持っていく場所はもうないのだから。

「魚食べる……私、準備する」

私は落ち葉や小さな枯れ木を集めて、手のひらに力を込めると小さな炎で火をつけた。

それを見て土地神様は驚いたように声を上げた。

「へえ、あんた神通力が使えるんだね。鬼の中でも使える者は珍しい。それに炎の神通力か、私と同じだね」

「土地神さま……と？」

彼女は私を眺めながら肩をすくめると頷く。

「ああ、そうさ。チビ助、あんた名前はなんて言うんだい？」

「私……名前ない」

私はまた俯いた。

誰も名前なんて付けてくれなかったから。

「そうかい、困ったね。供え物を持ってきてくれたってのに、いつまでもチビ助ってわけにもいかないし。そうだ、名前がないなら私が決めてやるよ」

その言葉に私は彼女を見上げた。

彼女はウインクすると私に言った。

「フレアってのはどうだい？　私はほむらって言うのさ。炎と書いてほむら。西の大地じゃ炎のことをフレアって言うらしいからね。ほむらとフレア、炎の神通力を持つ者同士、お揃(そろ)いってわけさ」

私は驚いて彼女を見上げた。

「フレア……」

「どうしたんだい、そんな顔して。気に入らないかい？」

私は首を大きく横に振った。

そして、叫んだ。

「フレア！　私、フレア！！！」

嬉しくて私はその場を駆け回った。

私にも名前が出来たんだ。

誰かが私のことを呼んでくれた、それが嬉しくて。

「はは、どうやら気に入ったようだね」

ほむらと名乗った土地神様の言葉に、私は大きく頷いた。

魚を焼いた後、彼女は私の手を取ると二人で並んで社の軒先に座る。

そして、一緒に魚を食べた。

「こりゃ美味いね」

その言葉に私も頷く。

「おいしい……美味しいね」

ぼろぼろと涙が出た。

それを見てほむらは慌てたように頭を掻いた。

「どうしたんだい？　困ったね。私が願いを叶えてやれなかったことが、そんなに悲しいのかい？」

私は首を強く横に振った。

ほむらはもう私の願いを叶えてくれていたから。

私は人間になりたかったんじゃない。

ただ、誰かに私の手を握って欲しかっただけなんだって。

こうして寄り添って、話を聞いて欲しかっただけなんだって。

それから、私はほむらと暮らすことになった。

洞窟を出て、ほむらの社で一緒に暮らした。

幸せな時が経つのはあっという間で、気が付けば一年が経ち、私も七歳になっていた。

ほむらは私に色々教えてくれた。

たどたどしかった言葉も直してくれて、そして文字や神通力の使い方も。

「私も初めは母さんに言葉や文字を教わったからね」

ほむらのその言葉に、私は首を傾げると尋ねた。

「ほむらのお母さん？」

「ああ、そうさ。捨てられていた私を育ててくれたんだ。麓の村の人間でね、もう百年は前の話さ。鬼を育てるなんて村人たちも反対してね。こうして山に入って一人、私を育ててくれたのさ」

ほむらが麓の村を守っているのはそれが理由だと知った。

自分を育ててくれた母が生まれた村を守るために、百年経った今でも、山に社を建てて
ずっとここに暮らしているんだって。

人間と鬼の寿命は全く違う。

だからもう、お母さんはお墓の中なんだということも。

「お母さんと会えなくて、ほむら寂しい？」

私がそう尋ねると、ほむらは少し目を細めて頷いた。

「そうだね。やっぱり寂しいね」

その言葉に私は俯いた。

ほむらが悲しいことは私も悲しいから。

でも、そんな私の頭に、ほむらはぽんと手を置いた。

「でも今はあんたがいるだろ？　フレア。今度一緒に母さんの墓に連れて行ってやるよ。

母さんにあんたのことを紹介しないとね」

「うん‼」

何日か後、私はほむらに連れられて、ほむらのお母さんのお墓にお参りをした。

見晴らしのいい、山の頂上の綺麗な場所に作られた、小さな白いお墓。

ほむらのお母さんが一番好きだった場所だと聞いた。

私たちはお花を手向けて一緒に手を合わせた。

「母さん、フレアっていうんだ。昔の私みたいで放っておけなくてね。育ててるんだ、母さんがしてくれたみたいにさ。ガサツな私なんかにうまく出来るかどうかなんて分からないんだけどね」

静かにそう母親に報告するほむらの横顔を、私は見ていた。

そして、そっと私の手を握るほむらの手を、しっかりと握り返す。

ほむらは私に幸せをくれた。きっと、ほむらのお母さんが昔ほむらにしてあげたように。

「ほむら！　私もほむらみたいに立派な土地神様になる！　一緒にお母さんとほむらの大切な村を守るから‼」

それを聞いてほむらは笑った。

「こりゃ頼もしいね、フレア！」

「うん‼」

私は山の上から広がる光景を、ほむらといつまでも一緒に眺めていた。

私は幸せだった。

こんな私にも生きる目的が出来たから。

そして、隣で私の手を握ってくれる人が出来たから。

「少し熱っぽいね、フレア。あんたが病気だなんて珍しい」

そう言って、布団の中にいる私の額に手を当てるほむら。

いつの間にか私はもう十歳になっていた。

その日、珍しく私は熱を出して、布団の中で大人しくしていた。

眉根を寄せるほむらを見つめて、私は答える。

「心配しないで、私大丈夫だから」

優しく髪を撫でてくれるほむらの手が心地いい。

しっかりとした口調の私に、ほむらは少し安心したように微笑む。

「そうかい？　そういえば私も、あんたと同じ年の頃に熱を出して母さんに心配をかけたことがあるんだ。額の角が少し伸びて、神通力も強くなった時だったか。そういえば最近、あんたの神通力も日増しに強くなってきているからね」

「ほんとに？」

嬉しくて私は思わず体を起こす。

苦笑して再び私を布団に寝かせるほむら。

ほむらに比べたらまだまだだけど、私はほむらに術や神通力の使い方を沢山教わった。

「ほらほら、大人しくしてな。本当さ、私が教えた術もすっかり覚えたし、神通力だって出会った時とは比べ物になりゃしない。今じゃ村の連中もあんたのことを、小さな土地神様、なんて呼んでるぐらいだからね」

それを聞いて私は嬉しくなった。

ほむらと一緒に、ほむらの大好きなお母さんの村を守る。

それが私の夢だから。

嬉しくなって私はまた身を起こす。

「ほんと⁉　私、頑張るから‼」

そんな私を見て、ほむらは指で優しく私の額を弾く。

「こら、大人しく寝てなって言ってるだろ？　そうさね、あの時はゆっくり寝たら熱も下がって元気になってさ。母さんに美味しいものを沢山作ってもらってさ、そしたらまた角が伸びて力もついたんだ」

優しく微笑むほむらの顔を見つめて、私はもう一度布団に潜り込んだ。

とても温かい。

ほむらはゆっくりと立ち上がる。

そして、出支度をした。

「少し出かけてくるよ。あんたが目を覚ましたら、美味しい山の幸、いっぱい食わせてやらなきゃね」

きっとほむらのお母さんはそうしてくれたんだろう。

私は布団の中で小さく頷く。

そして、社の出口に向かうほむらの背に声をかけた。

「ありがとう……お……お母さん」

とても照(て)れくさくて、消え入りそうな声で。

ほむらは振り返ると不思議そうに首を傾げた。

「フレア、何か言ったかい？」

私は布団に潜り込んで答えた。

「ううん、何でもない！　早く帰ってきてね」

「はは、変な子だね。一体どうしたんだい。分かってるさ、あんたが好きなものいっぱいとって、すぐに戻るさ」

「うん‼」

気恥(きは)ずかしくて私は布団から顔だけ出してそう答えた。

社を出ていくほむらの姿。

帰ってきたらもっとしっかり伝えるんだ。

ほむらに、お母さんって。

血は繋がってないけど、ほむらにとってほむらのお母さんがそうであるように、私にとってほむらは大好きなお母さんだから。

きっと、神様が巡(めぐ)り合わせてくれた大切なお母さんなんだ。

そう思えたから。

そんな風に心を決めたらなんだか嬉しくて。

私はほむらが帰ってくるのがとても待ち遠しくなった。

さっき、出て行ったばかりなのに。


少しだけ眠った後、私は社の外が騒がしいことに気が付いた。

「何だろう？」

思わず布団から身を起こす。

外から何人かの声が聞こえた。

「土地神様‼」

「土地神様！　どうかお助けくださいませ‼」

切羽詰まったような人たちの声。

私はまだ少し熱っぽい体で立ち上がると、慌てて社の外に出る。

そこには数人の村人たちがいた。彼らの顔は見たことがある。私がこの社に来るきっかけを作ってくれた木こりたちだ。

「どうしたの？」

私が尋ねると彼らは言う。

「フレア様！」

「土地神様は！　ほ、ほむら様はどこに⁉」

「村が大変なのです‼」

彼らの言葉を聞いて私は慌てて問い返す。

「村が⁉　一体何があったの？」

木こりたちは口々に言う。

「突然何者かに襲われて……」

「我らはなんとか逃げ延びてここまでようやく……」

それを聞いて私は青ざめた。

一体どうして？

土地神のほむらの力を恐れて、魔物は村やこの辺りには近づかないはずなのに。

私は山の方を振り返る。

そして唇を噛みしめた。

「ほむらは今、山の奥に入ってるの！　貴方たちはほむらを探して！　私は先に村に行くから‼」

「「フレア様‼」」

そう言って私は駆け出した。

彼らの声があっという間に遠ざかる。

私は木々の間を縫(ぬ)うようにして風のように走った。

鬼の力。

人にはないこの力が私にはある。

「守るんだ、ほむらの大事な村を！　ほむらのお母さんの大事な村を‼」

それが私に幸せをくれたほむらに出来る、たった一つの恩返しだから。

一気に崖(がけ)を下り、村の方向へと走る。

そして、私が村にたどり着いた時、そこには多くの村人が命を奪(うば)われて横たわっているのが見えた。

「――‼」

私の中の血の気(け)が引いていく。

「こんな……どうして」

とても酷い光景。

一体なんでこんなことを。

ほむらのことを土地神様と崇(あが)めて、山の社までやってきた人々だ。私が顔を知っている村人たちもそこにはいた。

倒れている村人たちの傍には、白い服を着た男たちが立っていた。

このヤマトの土地では見かけない服。

そして、肩には見たことのない印が描かれている。

男たちの中でも一際背の高い銀髪の男がこちらを眺めると、嘲るように笑う。

「ほう？　お前が土地神か。聞いていた話とは違うな。まさか、こんな小鬼だとはな」

まさか、この人たちがこんなことをしたの？

同じ人間なのにどうして⁉

私は怒りに震えて叫んだ。

「どうしてこんなことを！　どうして！！？」

私の問いに銀髪の男が答えた。

「知れたことよ。この村を守っているという土地神をおびき出すため。こいつらはその餌に過ぎん」

たったそれだけのために？

こんなに沢山の人を殺したの？

ほむらの大事な村の人たちを。

だとしたら、この人たちは人間じゃない、悪魔だ。

男はまだ生きている女の村人の一人の首筋に剣を当てて、笑っている。

「ママぁ‼」

その女性の子供なんだろう。

母親が殺されるのではと思い、泣きじゃくっている。

「坊や！　ああ、坊や……」

子供に向かって必死に手を伸ばす村人の姿。

「どうした、土地神。本当の力を見せてみろ。そうしなければこの女は死ぬぞ？　くくく、このガキもな！」

「うぁあああああああ！！！」

私は怒りに我を忘れた。

周囲に炎の渦が湧き上がっていくのが分かる。

そして、私は男に向かって突進した。

炎を宿した私の右手が、男の剣を弾き飛ばすその直前――

男の右手が振るわれ、私は足に強い痛みを覚えた。

銀髪の男の剣が私の太ももを貫いている。

「あ……あう……」

膝が地面に崩（くず）れ落ちる。

そのまま私は前のめりに倒れていた。

血に濡（ぬ）れた剣を眺めながら男は言った。

「これがこの地の土地神か？　期待外れだな。これでは、我が教団の力にはならん」

教団？　力？　一体何を言っているのだろう。

その男の言葉の意味が私には分からなかった。

「ゾルデ様、いかがいたしますか？」

ゾルデと呼ばれた銀髪の男に、付き従っている者たちがそう尋ねるのが聞こえる。

「お前たちの好きにしろ。土地神などと……化け物の分際で神を名乗ること自体が神への冒涜というものだ。じっくりと切り刻んで殺してやれ。くく、だがその前に、こいつの前で村人どもを皆殺しにしてな。化け物を神などと崇めたこの連中も同罪なのだからな」

男がそう言うと、付き従う者たちが一斉に剣を抜く。

そして、銀髪の男も、先程の女性を部下の男たちに引き渡して残酷に笑う。

「死ぬ前に、そこで見ているがいい。お前を神と崇める者たちが無残にも死んでいく様をな」

震える親子に男たちの剣が向けられた。

「やめて！　やめてぇええええ！！！」

私の体は炎に包まれて、限界を超えた神通力が周囲に解き放たれていく。

許さない、絶対に‼

激しい怒りに囚われて私は叫んだ。

「うぁあああああ！！！」

気が付くと、貫かれたはずの足の痛みは消えていた。

そして、母子に剣を突き付けていた男たちは、私の放った炎に包まれて、その火を消そうと地面を転がっている。

「ぐぎゃぁあああ‼」

男たちの手を逃れた母子に私は叫んだ。

「逃げて‼」

頷くと私に頭を下げて、その場から駆け出す母子。

私は少しだけ安堵して、ゾルデと呼ばれる男を睨んだ。

ゾルデは笑みを浮かべてゆっくりと剣を構えた。

「ほう、これがお前の本当の力か？　中々のものだ」

こんなに人を憎いと思ったことはなかった。

額の角がメキメキと音を立てて、伸びていくのが分かる。

今まで自分の中に感じたことがないほどの神通力が、私の周囲に激しい炎を燃え上がらせた。

「許さない！　ほむらの大事な村は私が守るんだ！　私が！！！」

私の体から湧き上がる炎が渦を巻いて、まだ生きている村人たちと剣を手にした男たちを隔(へだ)てた。

「フレア様！」

「逃げて！　みんな‼」

村人たちが走っていくのを眺めながら、私は身構えた。

全身に激しい痛みを感じる。

まるで限界を超えた力に体が悲鳴を上げているみたいに。

でも――

突進した私の爪が、ゾルデの頬を切り裂く。

鮮血(せんけつ)が舞い、思わず後退するその姿。

「ぐぅ‼　おのれ小娘！　この俺の顔に傷を‼」

そして、剣を構え直した。

「それにどうやら、本物の土地神は貴様ではないらしいな。お前はその娘か？　いいぞ、小娘でさえここまでの力があるというのなら、この地の土地神は今までにないほどの力を持っていそうだな。そいつを殺し、その力を手にすれば……我が神もお喜びになるだろう」

「貴方たちの神様なんて知らない！　そんなの神様じゃない‼」

神様は私をほむらに会わせてくれた。

私に幸せをくれたんだ。

こんなことをするのは神様なんかじゃない。

飛び掛かる私の肩を、ゾルデの剣が貫いた。

そのまま私は地面を転がった。

「うぁ……」

必死にもう一度立ち上がる。

もう少し、もう少しだけ頑張るんだ。

村の人たちが無事に逃げ延びるまで、それまで頑張らなきゃ。

ほむらの代わりに私がみんなを守るんだ。

額の角に力が漲（みなぎ）っていく。

「はぁあああ！　炎鬼乱舞（えんきらんぶ）‼」

私は命を燃やして戦った。

もう自分が持つ神通力を使い果たしていたから。

体中が燃え上がる。

炎に包まれた私の爪がゾルデの体をかすめて、その服を焦（こ）がした。

「ほう、精霊と化したか。小娘の分際で中々やりおるわ。並の人間では到底かなうまい。

だが、この世には闇を屠（ほふ）り、魔を倒す者たちがいる。お前は知らぬだろう、倒魔人と呼ばれる者の力をな」

　ゾルデの剣が炎を反射して光を放つ。

　そして言った。

「我が名は月光のゾルデ。我が神のため、貴様のような化け物を屠るのが俺の使命だ」

　私はゾルデに向かって突進した。

「うぁああああ‼」

　交差する私の爪とゾルデの剣。

　その瞬間、私の胸に鋭い痛みが走った。

「倒魔流奥義、月光の太刀」

　ゾルデの剣が私の胸に突き刺さっている。

　鬼の私の目でも捉えることが出来ないほど速いその突きは、まるで光の剣のようだ。

「がはっ‼」

　私は血を吐いて、地面に膝をついた。

　血が流れ、目の前が霞んでいく。

　人間ならとっくに死んでいるだろう。

　必死に歯を食いしばるけれど、もう体に力が入らない。

　涙がにじみ出る。

「ほ……むら」

私は自分の命を燃やし尽くしたのを感じた。

堪え切れずに体が地面に倒れていく。

その時――

私の体を誰かが支えて、ゆっくりと地面に寝かせた。

そして、私を守るように前に立つ。

真紅の髪を靡かせた、逞しくまるで炎の神のような背中。

そして、隣には大きな白い狼が連れ立っている。

「貴様……」

ゾルデのその言葉に、私の前に立つ赤い髪の男は答えた。

「久しぶりだなゾルデ。この外道め。今のうちにお前の神とやらに祈ることだ。地獄に行くその前にな」

私の前に立つ男性の右手には、真紅に輝く紋章が描かれていた。

ゾルデはそれを見て眉を動かす。

「獅子王ジーク……」

「月光のゾルデ。倒魔人の掟に背いた貴様を葬りに来た」

それを聞いてゾルデは低い声で笑う。

「くくく、倒魔人の掟だと？　四英雄、貴様らはまだそんなことを言っているのか？」

その言葉に、真紅の髪を靡かせた男は答えた。

「お前がこの東の地の土地神と呼ばれる者たちを狙っているのは知っている。地を平和に治め、人々に愛されている者たちさえもな」

彼の傍にいる白い狼が叫んだ。

「それだけじゃない！　彼らを崇める人々まで手にかけて。こいつは悪魔よジーク！」

ジークと呼ばれたその人は、私を見つめて静かに白狼に答えた。

「そのようだな、シルフィ。ゾルデ、何故倒魔人の掟を破った？　平和を愛し、幸せに生きようとする者たちを無残にも手にかける外道どもを倒すのが、倒魔人の仕事だ。たとえそれが人であろうが魔物であろうがな」

彼にそう問われてゾルデは口を開いた。

「ふふ、ふはは！　くだらんな。だから俺は倒魔人などやめたのだ。弱い者など守る価値もない。化け物どもなど皆殺しにして、強い者がこの世を支配すればいいのだ。あのお方は俺に力をくださった。俺をかつての俺と同じだと思うなよ」

そう言うとゾルデは、私に使った剣とは違う、黒い鞘に入った太刀を抜いた。

そこには、禍々しい黒い瘴気のようなものが宿っているのが分かる。

「あのお方だと？　お前たちが教団と呼ぶ組織を治める者か。その名を吐いてもらうぞ」

「馬鹿め。俺はこのヤマトの地で多くの土地神を殺し、強大な力を得た。丁度いい。この力、お前で試してやろう。四英雄最強と呼ばれた、獅子王ジークでな」

ゾルデの後ろでは、黒い瘴気がまるで蛇の鎌首のように顔をもたげている。

七つの首の大蛇がジークを見下ろし、恐ろしいほどの力がその場に満ちていく。

「お前も感じるだろう？　この俺の闘気の凄まじさをな。今詫びれば許してやらんこともないぞ。くはは！　その鬼の小娘をお前の手で斬り殺し、地に伏して俺に詫びればな‼」

ジークは静かにゾルデを睨むと答えた。

「断る。俺が斬るのは魔だけだ。たとえそれが人の形をした魔であったとしてもな」

「ならば死ねぇぇえいい‼　四英雄！！！」

ゾルデが振るう太刀と共に、背後にある七本の大蛇の首も、一斉にジークへと襲い掛かる。

どんな者でさえも生き残れない、そう思えるほどの力がゾルデの黒い太刀から放たれていた。

倒魔人同士の戦い。ゾルデとジーク、二つの人影が凄まじい勢いで交差する。

その瞬間――

シルフィと呼ばれた白狼が叫ぶ。

「ジーク‼」

と同時に、ジークの体に七本の鎌首の牙が作り上げた傷が刻まれた。

舞い散る赤い髪と、ちぎれた服の切れ端。

それを見てゾルデは高慢な顔で笑った。

「ふは！　ふはは！　見たかこの力。もはやあの四英雄ですらこの俺は超えたのだ‼」

ジークはゆっくりと振り返る。

そして言った。

「四英雄を超えただと。気が付かないのか？　お前の自慢の太刀はもう折れている。お前の命運と共にな」

その言葉にゾルデは怒りに燃えた目で吠えた。

「馬鹿め！　たわごとを！　ぐぅぅう‼」

私は朦朧とする意識の中で思わず目を見開いた。

ゾルデの太刀の先が静かに地に落ちて、胸に大きな刀傷が刻まれていく。

そして気が付くと、ゾルデの体から溢れる瘴気が形作っていた七本の鎌首は、全てその首を刎ねられていた。

まるでジークの振るった剣が起こした風が、全てを斬り払ったかのように。

「倒魔流奥義、裂空滅殺。お前が思うほど、この紋章に選ばれた者の力は甘いものではない。死ぬ前にお前の主の名を吐いてもらうぞ」

その言葉にゾルデは後ずさる。

「おのれ！　愚か者が、これで勝ったと思うなよ。我が主は神とも呼べる偉大なお方。あのお方の真の目的をお前は知るまい。それに、倒魔人の中には他にも我らの仲間がいる。貴様はいずれ後悔するぞ！　ふは、ふははは‼　ぐあぁああ‼」

ゾルデは黒い太刀を自分の体に突き立てて、断末魔の声を上げると、倒れて動かなくなる。

ジークが鋭い眼差しでゾルデを眺めている。

「俺たちの中に他にも奴らが入り込んでいるだと？」

シルフィが首を横に振った。

「馬鹿馬鹿しい、悔し紛れのたわ言よ。他の連中を捕らえて吐かせましょう。こいつらの真の目的とやらもね。こいつと違って下っ端の連中がどこまで知っているかは分からないけど」

シルフィはそう言うと牙を剥き、ゾルデの配下の者たちを次々と捕らえていく。

その間にジークは、私を抱きかかえると治療を施してくれた。

シルフィは戻ってくると、私を抱きかかえているジークに尋ねる。

「どう？　その子は」

ジークはゆっくりと首を横に振る。

「傷は治したが、この娘は自らの命の炎を燃やし尽くしている。残念だが、もう助からない」

「そんな……」

息を呑み、言葉に詰まる白い狼。

ジークは私に尋ねた。

「最後に何か望みはないか？」

私は死ぬんだ。

そう思った。

私は幸せだった。

でも最後に望みがあるとしたら……

「ほむ……らに……会いたい」

最後にほむらに会いたい。

神様が私に出会わせてくれた私のお母さん。

私の大好きなお母さん。

ジークは私の頬を撫でる。

「ほむら。この地の土地神か。分かった、せめてその時まで眠るがいい」

ジークの力が私の命を優しく包み込む。

死を迎える痛みや苦しみから解き放つように。

そして、その時が僅かでも遅くやってくるように。

暫くすると、朦朧とする意識の中で、私の耳に誰かの叫び声が聞こえてくる。

「フレア！　フレア‼」

気が付くと、私を抱いているのはジークではなくてほむらだった。

私を抱きしめて涙を流している。

「どうして……こんな、どうして」

ほむらの言葉にジークが答えた。

「お前の代わりに村を守ろうとしたのだろう。この小さな体で、その命の全てを燃やしつくして。この娘は立派な土地神だ。誰よりも勇敢で誇り高い」

私を抱きしめるほむらの腕。

その優しい手が私の頬を撫でる。

「どうして私を待たなかったんだい。フレア……」

私は最後の力を振り絞ってほむらの頬に触れた。

「守りたかったの……ほむらの村を。ほむらの大切なお母さんの村だから……ほむらは、私の大切なお母さんだから」

「フレア……」

ほむらの顔が涙でぐしゃぐしゃになっている。

泣かないでお母さん。

私、幸せだったから。

ほむらのお蔭で誰よりも幸せだったから。

温かい力が私を包んでいる。

ほむらの力が私を包み込んでくれているのが分かった。

同時に地面に描き出されていく紅の魔法陣。

ジークがほむらを見つめながら呟いた。

「まさか……この魔法陣は」

ほむらは静かにジークに答える。

「獅子王ジーク。鬼の私が倒魔人のあんたにこんなことを願うのは、筋違い(すじちが)いだとは分かってる。でも、残されるこの子を哀(あわ)れだと思うなら、どうか後生(ごしょう)だから私の願いを聞き届けておくれ」

ジークは暫くほむらを眺めると頷いた。

「分かった。この娘の行く末は見届ける。俺の魂(たましい)に懸けて誓(ちか)おう」

「安心したよ、四英雄。この恩は忘れない。たとえ、どれだけの時が過ぎても決してね」

私は二人が何を言っているのか分からなかった。

「ほむら……？」

私の問いにほむらは答えた。

「フレア、私は最初は分からなかった。どうして母さんが全てを犠牲にしてまで私を育ててくれたのか。一人山の中に入って、自分の人生を懸けて私のことを……」

そして微笑んだ。

「でも、フレア。あんたに出会って分かったんだ。私にも、自分よりも大切なものが出来たんだって」

ほむらは私の頬を撫でると、もう一度しっかりと抱きしめる。

「許しておくれ。あんたを一人残してしまうことを。フレア、私は幸せだったよ。誰よりも愛しい娘が傍にいてくれたから」

周囲を包む紅の光がその強さを増していく。

それと同時に、私の消えかかっている命の炎が、強く燃え盛っていくのが分かった。

今までよりもさらに強く。

紅の光が消えた時、私は呆然とその場に立ち尽くしていた。

さっきまでしっかりと私を抱きしめてくれていたほむらが、力なく傍に倒れている。

私はほむらの体をゆすった。

「ほむら？　どうしたの？　ほむら⁉」

シルフィが静かに私に言った。

「授魂の法。強く愛する者のために、自らの命を与える禁呪。貴方のお母さんはそれほど貴方のことを愛していたのね」

私は泣いた。

冷たくなったほむらの体にすがりついて、ずっとずっと。

そしてジークに願い出た。

「私を殺して！　貴方は魔を倒す者なんでしょう？　だったら、私も殺して‼」

私はほむらの傍に行きたかった。

そして、またあの手で優しく頬に触れて欲しかったから。

ジークは静かに私を見つめていた。

そして、私の手を取るとそっと私の胸に当てる。

「フレア。お前も感じるはずだ。お前の命は、お前を誰よりも愛してくれた母親が灯した命の炎だ。それを消すことは俺には出来ない」

胸に当てた手から感じるのは、いつもほむらといた時に感じた温もりだった。

私の中にほむらがいる。

そうはっきりと感じられたから。

「ああああ！　お母さん……お母さぁああん‼」

涙が溢れて止まらなかった。

幸せだったのは私の方、ほむらがいつも傍にいてくれたから。


「フレア‼」

その声に私は目を覚ました。

こちらを見て、シルフィが叫んでいる。

レオンの紋章から広がっている黒い痣が、私の体も侵食していく。

レオンにかけられた呪い。

そうだ、それを解くために私たちは……

侵食されて黒くなっていく私の手を、ティアナたちは再びしっかりと握り締めていた。

そんなことをすれば、自分たちの命も危（あや）ういことは分かっているはずなのに。

ひとりぼっちだった私の手をほむらは握ってくれた。

だから今、私はここにいる。

「フレアさん！」

「「フレア！」」

私に声をかけるティアナとロザミア、そしてレイア。

渦巻（うずま）く私の炎も黒い炎に侵食されていく。

私は唇を噛みしめた。

「私は負けない！　私の炎は、ほむらが灯してくれた命の炎だから‼」

だから絶対に消したりなんかしない。

「ほむら！　私に力を貸して‼」

私の中に眠る炎が目を覚ますのを感じた。

湧き上がる真紅の炎が、火柱になって辺りを照らしていく。

それを見てレイアが叫ぶ。

「これは……フレアの炎が人の形に」

ロザミアとティアナが言う。

「なんて強く温かい炎だ。その温かさが私たちの手を伝わってくる」

「ええ、フレアさんの手を握っているわ」

私も感じた。

炎となって現れたほむらが私の背を押すように後ろに立って、私の手に優しく触れているのを。

そのぬくもりを。

額の角に、今まで感じたこともないほどの強力な力が宿っていく。

その瞬間、私は叫んだ。

「鬼神覚醒(きしんかくせい)‼　ほむら紅ノ陣！！！」

強烈な炎の渦が天高く舞い上がり、巨大な火柱となって黒い炎を焼き尽くしていく。

同時に私は全ての力を使いつくして、崩れ落ちた。

その体を誰かが抱き留める。

「レオン……」

そこに立っているのはレオンだ。

右手の紋章は鮮やかな真紅の色に輝いている。

私はそれを見て安堵の笑みを浮かべた。

「借りは返したわよ、レオン」

レオンは優しく私の頬を撫でながら答えた。

「ああ、確かに受け取った。フレア、そしてほむらからもな」

その言葉を聞いて、私は安らかな気持ちでレオンの腕に抱かれていた。

## 3　ティアナの提案

「レオンさん！」

「主殿‼」

「レオン‼」

ティアナと、ロザミア、そしてレイアが一斉に私とレオンを取り囲む。

涙ぐむティアナ。

「良かった……レオンさんがもう目を覚まさないんじゃないかって私……私」

「心配かけたなティアナ」

レオンがそう答えるとティアナは微笑む。

そして、ロザミアがレオンに抱きついた。

「主殿！　本当にもう大丈夫なのだな？　心配したのだ！　もし主殿が死んでしまったら。私は……私は！」

「はは、ロザミア。それにレイアも！　やめろ、お前たち二人にそんなに力を入れられたら、ほんとに死んじまう」

気が付くと、レイアまでロザミアのようにレオンにしっかりと抱きついている。

元聖騎士と剣聖の娘に左右から両腕でしっかりと抱きしめられているレオンの姿に、私は少し溜め息をつきながらも、その腕の中で微笑んだ。

シルフィは呆れたようにこぼす。

「まったく。レイアまで、ロザミアじゃあるまいし」

シルフィの言葉で我に返ったのか、レイアの顔が真っ赤になった。

「こ、これは！　も、物の弾みだ」

そう答えるレイアの切れ長の目には涙が浮かんでいた。

こほんと咳払いをして、こっそりと指先で涙を拭くと、いつものようにツンと澄ました顔になるレイアに、皆顔を見合わせて笑った。

シルフィはまだ少し心配そうにレオンを眺めていたが、やがて安堵したように長い息を吐いた。

「どうやら、本当にもう大丈夫なようね。流石ね、フレア」

私は首を横に振った。

「私の力だけじゃどうしようもなかった。お母さんの、ほむらのお蔭よ。そして私を信じて最後まで手を握ってくれたみんなのお蔭だわ」

ティアナは私を見つめる。

「あの炎はフレアさんのお母さんだったんですね。とても強くて優しくて温かい炎。あの炎が私たちを勇気づけてくれましたから」

ロザミアとレイアも頷いた。

「ティアナの言う通りだ！」

「そうだ、あの炎がもう一度私たちに力を与えてくれた」

シルフィが言う。

「そうね。かつて土地神と呼ばれる者たちが治めていたヤマトでも、ほむらは鬼神と呼ばれるほど強い力を持っている土地神だった。フレアはその自慢の娘だもの」

自慢の娘、その言葉に私の中の炎が、嬉しそうに温かさを増した。

あの後、ジークはほむらとの約束を守って私と一緒にいてくれた。ヤマトの地で、あの村の傍でシルフィも一緒に。仕事に出かける時は私と共にシルフィを残して、あの村を守ってくれた。

私がジークと契約を結んだのは四英雄だからじゃない。

ジークのそんなお人好しで優しい部分に惹かれたから。

ロザミアが目を細める。

「二千年前のヤマトか。一度、ゆっくりと聞いてみたいものだ。昔の主殿たちのことを」

「そうね。機会があったら話してあげるわ」

私の言葉に、ティアナとレイアも大きく頷く。

そして、レイアが冒険者たちにも声をかけた。

「さあ、魔物の討伐は終わった、都に帰るとしよう！　お前たちの協力にも感謝する。レオンのために力を尽くそうとしてくれたことは、ギルド長のジェフリーに私から報告しておくからな」

その言葉に冒険者たちは恥ずかしげに笑った。

「そんな、レイア様」

「俺たちはろくに役にも立たなかったですから」

女性の魔導士たちも嬉しそうに相槌を打つ。

「でも良かった！　レオンさんが元気になって」

「それにティアナさんやロザミアさん、貴方たちって本当にいいパーティね。お金のためじゃない、お互いのために本気で命を懸けられるパーティなんてそうはいないもの」

「これからもよろしくね！」

そう言ってレオン、そしてティアナやロザミアに握手を求める彼女たち。

ティアナもロザミアも照れ臭そうに、でも嬉しそうにそれに応えている。

そんな中――

「ふざけるな！　何がいいパーティだ……俺は認めないぞ！　鬼だと？　そんなものただの化け物だろうが！　そいつは、化け物を従えるような奴なんだぞ！　ギルドに報告してやる、化け物使いが英雄気取りなど誰が許すもの……ぐは‼」

アーロンの言葉が最後まで発せられる前に、白い翼が大きく羽ばたくと、まるで閃光のようにロザミアの剣の束がアーロンの鳩尾に突き刺さる。

「お、おのれ……貴様、Bランクのくせに……SSランクのこの俺を」

翼人の元聖騎士の鋭い眼差しが、アーロンを睨みつけている。

「黙れ。もう一度主殿やフレアを侮辱してみろ。今度はお前の首を刎ねてやる」

その言葉と同時に、アーロンは倒れ伏すと惨めに失神した。

本気を出したロザミアは、剣聖の娘であるレイアに匹敵するほどの剣士だ。ＳＳランクの冒険者であるアーロンより強いのも、当然の結果だろう。

ロザミアはレオンを振り返ると、小さく翼を羽ばたかせながら言う。

「相変わらず口ほどにもない奴だな、少しやりすぎただろうか？」

レオンは肩をすくめた。

「いや、いい薬だろ。お前がやらなかったら俺がやってたからな」

レイアも、既に鞘から抜いていた剣を収めながら答える。

「ああ、私もだ。こいつは腹に据えかねる。あらためてジェフリーだけではなくミネルバ様にもご報告することとしよう。これだけの数の冒険者を率いて作戦にあたった上で、自らの保身のために仲間の命を危険にさらしたのだ。もうこの国の冒険者ギルドではやってはいけまい。資格を剥奪されて、国を追われることになるだろう」

シルフィは呆れ顔で、昏倒しているアーロンを見下ろす。

「まったく馬鹿な奴ね。レオンに命を助けてもらったのにこの態度、自業自得だわ」

私はレオンの腕に抱かれながら尋ねる。

「ねえ、レオン。もう少しだけこの体でいてもいい？」

ほむらと過ごしていた時のこの体で。

あの舞踏会で貰ったルビーの力で一時的に戻れたのかと思ったけれど、私の中にしっかりと灯されたほむらの炎のお蔭で、元の姿に戻ることもなさそうだ。

レオンは朗らかな笑顔で答えた。

「ああ、お前が好きなだけな」

「ほんとに⁉」

私はレオンの首に抱きつくと、くぅうと大きくお腹が鳴った。

それを聞いてレオンは笑う。

「久しぶりに鬼の姿になって、腹が減ったみたいだなフレア」

「もう！　レオンの馬鹿、無神経！　そこは聞かなかったふりをするのが礼儀でしょ？」

私がそう言って睨むと、ティアナがくすくすと笑いながら言う。

「そうだわ、帰ったらフレアさんの故郷のヤマトの料理を作りませんか？　フレアさんが教えてくれたら私、頑張って作りますから！」

それを聞いてもう一度私のお腹が鳴った。

「ほんとうに⁉　ティアナ！」

「ええ、もちろん！」

するとと、食いしん坊のロザミアもお腹を鳴らす。

「東方のヤマトの料理か！　楽しみだな。さあ主殿、そうと決まれば早く帰ろう！」

「ったく、ロザミア。お前ときたら現金だな」

私はレオンの腕の中で言った。

「そうね、子供たちも待ってるわ」

「ああ、そうだな。都に帰るとするか！」

私たちはレオンの言葉に頷くと、都への帰路についた。

「レオン！　ティアナお姉ちゃん！　みんな、お帰り‼」

俺、レオンが魔物の討伐から帰ると、今俺たちが宿にしている王宮の中の宿舎から、チビ助たちが飛び出してくる。

そして、俺の腕に抱かれているフレアの姿を見て目を丸くした。

レナとキールが首を傾げる。

「ねえ、レオン。その子は誰？」

「へへ、すっげえ可愛い子だな。でも、角が生えてるぜ！」

リーアとミーアはフレアの顔を見つめながら言った。

「フレアママです！　リーアには分かるです」

「ミーアもです！　フレアママが大きくなったです！」

そう言ってこちらを見上げるチビ助たちを見て、フレアは笑った。

「ただいま、みんな」

その声を聞いて、レナとキールも驚いたように声を上げた。

「ほんとだ！　フレアの声だわ」

「で、でもどうしたんだよその体⁉」

俺は肩をすくめると答えた。

「まあ、色々あってな。心配ないぜ、見た目は変わっても、いつものフレアと変わらないからさ」

疲れた様子のフレアを見て、心配そうなチビ助たち。俺がフレアを抱いたまま膝をつくと、一斉にフレアの顔を覗（のぞ）き込む。

「フレアママどうしたですか？　元気ないのです……」

「ミーア心配なのです」

チビ助たちの手には白い花が握られている。そして、その手は泥（どろ）だらけだ。

子供たちと一緒に俺を出迎えてくれた、オリビアの侍女（じじょ）であるサリアが子供たちを眺めながら言う。

「宿舎の庭に丁度、ロファリアナの白い花が咲いていまして。あの花は大切な人の無事を祈ると言う花言葉がありますから。そう子供たちに話したら、その花を摘んでみんなの帰りを待っていると言うので」

ミーアとリーアが白い花を手にしたまま涙を浮かべて言う。

「フレアママ……」

「お怪我したですか？」

フレアは泥だらけの二人の手を握って、微笑んだ。

「大丈夫よ。ちょと力を使いすぎただけ。すぐに元気になるわ！」

それを聞いて、ぱぁっと表情を輝かせるチビ助たち。

フレアの母性の強さはほむら譲りなのだろう。

呪いの全てが解けたわけではないが、フレアとほむらのお蔭で、今は俺自身の力で呪いを抑え込むことが出来ている。

その気になれば僅かな時であれば、またかつての力を解放することも出来そうだ。

しかし、出来れば温存したいところだ。危険な賭けになるだろうからな。

そんな中、フレアは子供たちに尋ねた。

「それより、怖くない？　角も生えてるし」

その言葉に、子供たちは一斉に首を横に振った。

「怖くなんてないです！」

「リーアたち、フレアママ大好きなのです！」

レナとキールも力強く頷いた。

「当然でしょ！　姿が変わったってフレアには変わりないわ」

「へへ、レナの方がよっぽど怖いもんな。こうやっておでこに二本角が生えたみたいでさ」

そう言って、キールは指で自分の額に角を生やしたように見せる。

「なんですって！　この馬鹿キール！」

そんな子供たちの様子を見て嬉しそうに笑うフレア。

そうこうしているうちに、外の騒ぎを聞きつけたのか、オリビアとミネルバも俺の部屋から出てきた。

レイアは俺と一緒に、チビ助たちやサリアから少し距離をとると、そんな二人に話しかける。

「オリビア様、ミネルバ様、実はお二人にご報告しなくてはならないことが……」

彼女の報告に目を見開くオリビアとミネルバ。

「まさか！」

「本当なのかいレイア⁉　あの闇の魔導士が絡んでいるかもしれないと心配はしたが、坊やがそれほど苦戦する相手がいるだなんて」

驚く二人にレイアは頷く。

「はい、人狼の女王を名乗る存在。そしてレオンが獅子王ジークの姿になるところを、私は確かに見ました。まさに伝説通りの強さでした。あれほどの相手を一太刀で倒すとは未だに信じられません」

その報告に、オリビアとミネルバがこちらを見つめている。

「伝説の四英雄……信じてはいたけれど、やはり本当だったのね」

「獅子王ジークか。私もその目で確かめてみたかったたね」

俺は肩をすくめると答える。

「気楽なもんだな。こっちは命懸けだったんだ」

実際にあの時、無理にでも呪いを解かなければみんな死んでいただろう。

俺にとっても一か八かの賭けだったが、ティアナの叫びを聞いた時に不思議と力が湧き上がった。

チビ助たちの顔が思い浮かんだからかもしれないな。

オリビアは俺たちに頭を下げる。

「感謝しているわレオン。そしてみんなにもね」

ミネルバは俺たちに言う。

「しかし、そんな化け物が都の近くにいたとなると、放ってはおけない。銀竜騎士団の者たちに都の周辺を念入りに探るように命じるとしよう」

俺は彼女の言葉に頷いた。

「ああ、ミネルバ。そうしてくれると助かる。この時代にあんな化け物が他にもいるとは思えないが、万が一ということがある。周囲に何か異変を感じた時は、俺たちに報告するように伝えてくれ」

あれほどの強さとなると、俺たち以外に倒せる者はいないだろうからな。

いや……黄金の騎士のシリウス、あの男なら分からないが。

奴から感じた気配は他の者とは明らかに異質だった。

仮面と鎧が特殊な金属で加工されているのだろう、その本当の力を霧のように隠し、感じ取ることは出来なかったが。

あんな男がいるとは、流石大国アルファリシアだ。

「分かった。すぐに命令を出すとしよう」

そう言うと、ミネルバはレイアと共に銀竜騎士団の騎士たちがいる練兵所に向かう。

暫くして戻ってくると彼女は俺に尋ねた。

「坊や。やはり、あの人魔錬成を行っていた闇の術師に関係があると思うか？」

「人狼の女王が、奴と同じ黒い宝玉を使ったところをみると、恐らくな。それに、あの女は気になることを言っていた」

俺の言葉にミネルバは首を傾げる。

「気になること？」

「ああ、二千年前に起きるはずだったことがこの地で起きようとしているとな」

「二千年前に起きるはずだったこと？　気になる話だね。坊や、あんたは何か知っているのかい？」

「さあな。俺にもあの女が言っていたことが何なのかは分からない。だが……」

そう口を閉ざす俺にミネルバが問いかけた。

「だが？」

俺は頷くと、オリビアの方を見つめながら答えた。

「オリビア王女、恐らくあんたの勘は当たってるぜ。カギになるのは国王が都で行う慰霊祭だ。言葉を喋るオーガ、人魔錬成を行っていたあの魔導士、そして今回の人狼の女王。まるで何かを待っているかのように、慰霊祭を前にしてこの都に集まってきている」

最初にオリビアの部屋に行った時に見せられたあの地図を思い出しながら、俺はそう話した。

俺の部屋に入り浸っているのはどうかと思うが、オリビアは聡明な王女だ。

あの時彼女が話した懸念は間違ってはいないだろう。

俺の視線を受け止めながらオリビアは頷く。

その表情は、俺たちの前だけで見せる砕けたものから、王女のそれに変わっている。

「そうですかレオン……やはり。あの地図に記したように、多くの事件が各地の慰霊祭を中心に起きているもの」

「一体、慰霊祭に何があるのかは分からないが、もし奴らが言っているように何かが起きるとしたら、この都で慰霊祭が行われるその時だろう。戦で家族を失った多くの者たちの悲しみや嘆きが都に満ちるこの式典は、闇の手の者にとっても、何かを起こすとしたら都合がいいはずだからな」

負の感情は時として大きな力となる。特に人魔錬成を行うような闇の術師にとってはな。

もしそうなら、こちらから手を出さない限り、それまでは大人しくしているだろう。

人狼の女王が奴の手駒の一つだとしたら、決して小さな損失ではないはずだ。

大事の前にこれ以上の争いは、向こうも御免に違いない。

オリビアは俺の言葉にその美しい眉を顰める。

「かといって今更慰霊祭の取りやめなんて出来はしない。国王であるお父様が直々に行う慰霊祭は、亡くなった者たちの魂の安寧を求める、多くの国民が願っている式典よ。それに貴方も知っているでしょう？　舞踏会でも見たように各国からも要人が集まっているし、このアルファリシアの威信にも関わるわ」

「だろうな。大国アルファリシアの威信が揺るげば世の中はさらに乱れる。どちらにしても奴らにとっては都合がいいわけだ。いずれにせよ俺に出来るのは、慰霊祭で何が起きてもいいように護衛の任務にあたることだけだ」

オリビア王女は俺を見つめる。

「レオン、貴方を頼りにしてもいいのね？」

俺は肩をすくめた。

「ああ、報酬は前金で貰ってるからな。その分の仕事は果たすつもりだ」

それに、ティアナやチビ助たちにとって、育ての親である神父との思い出があるこの国は大切な故郷だ。

あの教会は、俺にとっても居心地のいい場所だからな。あんな連中に蹂躙させるつもりはない。

王太子のクラウスから受け取ったルビーも、もうフレアの炎の中に溶け込んじまってるしな。

「安心したわ、レオン。四英雄である貴方にそう言ってもらえれば百人力だもの」

そう言って微笑むオリビア。

そんな中、俺に抱きかかえられたフレアが、小さくお腹を鳴らして恨めしそうにこちらを見つめる。

「ねえレオン、私との約束は？」

「はは、分かってるって。腹が減っては戦が出来ぬっていうからな。まだ慰霊祭までにはあと三日ある、その前にまずは英気を養うとするか。何が起きてもいいようにな」

「そうこなくっちゃ！」

俺の言葉にフレアは大きく頷く。

それを眺めながら不思議そうにオリビアは首を傾げた。

「英気を養うってどういうこと？」

その問いに俺は笑いながら答えた。

「ああ、さっきみんなと約束してな。今回の一件ではフレアに助けられたからな。お礼に故郷のヤマトの料理を作ろうってさ。フレアには早く回復して欲しいからな」

「へえ！　面白いわね。ヤマトと言えば遥か東方の国だもの。そこの料理だなんて私も興味があるわ」

興味津々のオリビアに俺はウインクする。

「だろ？　王宮の豪華な料理に飽きたんなら、良かったら招待するぜ」

「その話乗ったわレオン！」

ミネルバも笑いながら同意した。

「確かに、こんな時だからこそ英気を養わねばな。私も乗った！　良かったら手伝うよ。この間はすっかりご馳走になったからな」

「おいおい、ミネルバがか？　なんだか心配だな」

　すると、ミネルバが俺を睨む。

「坊や、あんた私をほんとに戦闘狂かなにかだと思ってないかい？　こ、こう見えても花嫁修業ぐらいしてるんだ。将来は愛する夫に自分で料理ぐらい作りたいしね」

「へえ、公爵令嬢が意外と家庭的なんだな。こりゃミネルバを嫁さんにしたら幸せかもな」

　ん？

　公爵令嬢で女将軍しかも料理も上手いとくれば、まさに敵なしだ。

　俺の言葉に何故かミネルバが真っ赤になっていく。

「どうしたんだ？　ミネルバ、そんなに赤くなって」

「ば、馬鹿だね！　坊やが変なこと言うからだろ‼」

「変なことって何が？」

　オリビアが俺を肘でつついた。

「ねえ、レオン。貴方鈍感って言われたことない？」

「は？　どうして俺が」

失礼な話だ。

ミネルバは咳払いをすると真顔になって俺に尋ねた。

「でも、食材はどうするつもりだい。東方じゃパンは食べずに米というものを食べるらしい。味付けだって違うと聞いたからな、調味料も違うのだろう。流石のアルファリシアも遥か東方のヤマトとは国交がないからね。まずはそれが揃うかどうか」

「確かにな。言われてみるとそうだな」

二千年前、俺がフレアと共にヤマトで暮らしていた時も、こちらとは食生活が全く異なっていた。

あの国では手の込んだ料理というよりは、どちらかというと、食材をそのまま生かして食べる習慣があったからな。

料理自体は俺やフレアが知っているからいいとしても、肝心な食材がなければどうにもならない。

そんな中、いつの間にか俺たちの傍にやってきていたロザミアが不敵に笑う。

「ふっふっふ、主殿は忘れてはいないか？　私たちには強い味方がいることを」

まったく食べ物の話になると、耳が早いなロザミアは。

にしても強い味方って誰のことだ。

「強い味方？」

俺の問いに、ロザミアが何かを思い出したようにうっとりとする。

「あのアイスクリームはとても美味しかった！　あんな珍しい食べ物を作れるんだ、きっと力を貸してくれるに違いない！」

ロザミアの言葉に俺はポンと手を打った。

「ああ！　ジェファーレント商会か」

「うむ！　伯爵夫人とエレナならきっと何とかしてくれる」

そう言って満面の笑みを浮かべるロザミア。

確かに、あの二人なら可能性はありそうだ。

「はは、少し図々しい気もするが頼んでみるか！」

「うむ！　主殿。フレアのためだ！」

おいロザミア、本当にフレアのためか？

可愛い口元から少し涎が垂れてるぞ。

ミネルバは俺たちの話を聞きながら頷く。

「分かった。それでは必要なものを私に教えてくれ。公爵家から使いを出して、ジェファーレント伯爵夫人に伝えよう。ふふ、レオンの頼みとあらば、伯爵夫人も出来る限りのことはしてくれるだろうからな」

「悪いな、ミネルバ。助かるよ」

俺はそう答えると、フレアと共に必要なものをミネルバにメモ書きして伝える。

まるで市場に買い物に行くかのように、ミネルバはそれを見てふんふんと頷くと俺たちに言う。

「分かった。米と調味料だね。だけど肝心の他の食材はどうするつもりだい？　坊や」

「ああ、それはこちらで何とかする。ここに帰ってくる間に少しいい話を聞いてな」

「いい話？」

不思議そうにミネルバが問い返してくる。

「ああ、都に帰ってくる時に、冒険者たちから色々と話を聞いてさ。もうすぐ来ると思うんだが……」

俺は宿舎の先にある銀竜騎士団の練兵所を眺める。

すると、その入り口から、一人の女性がこちらに向かって駆けてくるのが見えた。

「どうやら来たようだな」

「坊や、来たって誰のことだい？」

ミネルバは振り返ると俺の視線の先を眺める。

「あれは……」

こちらに向かって駆けてきたのは、ギルドの受付嬢であるニーナさんだ。

元々今回の依頼はニーナさんからのものだったからな。

さっき都に戻ってきた時に冒険者ギルドに寄ったんだが、その時に心配して待っていたニーナさんと話をしたんだ。

彼女は俺たちの前にやってくると、オリビアやミネルバに頭を下げる。そして俺に言った。

「レオンさん、本当にありがとうございました！　お蔭で命拾いしたと皆、本当に感謝していましたから。それで、これはお約束のものです。ふふ、本当は皆それぞれの穴場を秘密にしておきたいみたいなんですけど、レオンさんたちのためならって詳しい地図を書いてくれて」

そう言って、ニーナさんは何枚かの地図を俺に手渡した。

俺はニーナさんに礼を伝える。

「ああ、助かるよニーナさん。ギルドのみんなにはレオンが礼を言っていたと伝えてもらえるかな？」

「分かりました！　レオンさんにそう言ってもらえると、きっと喜ぶと思います」

ニーナさんはそう言うと、俺たちに頭を下げて帰っていった。

ミネルバとオリビアが、俺に手渡された地図を覗き込む。

「レオン、それは？」

「何だい？　どうやら、都の外に広がる森の地図のようだが、色んなところに印が打ってあるね」

　俺は肩をすくめると答える。

「ああ、お宝の地図さ」

　レイアはそれを聞きながら苦笑する。

「確かに宝の地図と言えないこともない。冒険者たちが山や森で採ってくる新鮮な食材は、市場でも高値で売れるからね。珍しい山菜やキノコの生える場所は、親にも教えないってのが冒険者たちの口癖だってジェフリーから聞いたことがある」

　ミネルバはポンと手を叩く。

「そうか、これは食材の地図か！　でも、どうしてこんなものを」

　俺は笑いながらミネルバに答えた。

「冒険者ギルドの連中は気のいい奴らでさ。命を救われた礼をどうしてもしたいって言うんだ。俺たちがフレアのために東方の料理を作りたいって話をしてたら、ぜひ役に立ちたいって言ってくれてさ」

　ロザミアは大きく頷くと続ける。

「これから主殿と一緒に食材を採りに行くのだ！」

「まあ、そういうわけさ。新鮮な食材に勝るものはないからな」

　オリビアはそれを聞いて目を輝かせた。

「まあ！　それは楽しそうね‼」

「おいおい、オリビア。流石にお前を連れては行けないぞ。王女を連れて勝手に王宮を抜け出したりなんてしたらことだからな」

俺の部屋に入り浸るのとはわけが違う。

「レオン、ここまで話を聞かせておいてそれはないでしょう？　そもそも貴方は私の護衛騎士でもあるのよ。わけもなく何度も私の傍を離れるのは許しません！」

ったく、困ったお姫様だ。

俺はふぅと溜め息をつくと、手を上げて降参した。

「分かった分かった。連れて行けばいいんだろう？　王宮の中にいながら森に入る……か。まあ方法はなくもないからな」

チビ助たちも喜ぶだろうから連れて行くつもりだったし、あと何人か増えても大したことはない。

俺の言葉にオリビアは不思議そうに問い返した。

「王宮の中にいながら森に入る？　レオン、貴方何を言っているの」

「まあ、やってみれば分かるさ。ミネルバ、ジェファーレント商会への連絡を頼む」

ミネルバは頷くと、先程のメモを侍女の一人に渡し、公爵家から商会に使いが行くように手配してくれた。

「さてと、それじゃあ宿舎に入るか」

俺の言葉にオリビアは不満そうに尋ねる。

「どういうことなのですか？　レオン。森に行くのでは？」

「ああ、行くさ。ただし大事なお姫様はここにいると思わせないとな」

俺はそう答えるとサリアに願い出る。

「なあ、サリア。オリビアのことを誰かに聞かれたら今、ミネルバや俺と大事な話をしているると伝えてくれないか？」

「はい、畏まりました」

「それからオリビアにもっと動きやすい格好と、俺たちには食材を入れる籠を幾つか貰えると助かる」

「籠……ですか？」

一瞬、ぽかんとするサリアだったが、そこは王女の筆頭侍女だ、すぐに他の侍女たちにも命じて必要なものを用意してくれた。

その後、俺は皆と一緒に部屋の中へと入る。

そしてオリビアに言った。

「さてと、その格好じゃ流石に森には入れないぞ。着替えてもらおうか」

俺はサリアが用意してくれた服装に着替えるようにオリビアに言う。

「ちょっと、からかっているのですか？　レオン」

「いいから。一緒に行きたいんだろう、オリビア」

「それはそうだけれど……」

オリビアは隣の部屋に入り渋々と着替えて戻ってくる。

まるで町娘のような格好ではあるが、王女としての気品は隠し切れない。

ミネルバも訝しげに俺に問いただした。

「坊や、一体何をするつもりなんだい。森に行くんじゃないのかい？」

「まあ見てろって」

俺は胸のポケットから一枚のカードを取り出した。

シルフィが頷く。

「なるほどね。だからさっきの帰り道、少し寄り道をしたのね」

「ああ、そういうことさシルフィ」

都への帰り道、冒険者仲間の話を聞いた俺は、少し回り道をして戻ってきた。

森の中でも山の幸が豊富な、採取に適した場所を彼らに教わったからだ。

俺は右手をカードに添えて魔力を込める。

「ポータル！」

そう唱えるとカードは消えて、その代わりに揺らめくゲートのようなものが目の前に現れた。

　目を丸くするオリビアとミネルバ。

「これは！」

「坊や、これは一体何なのだ！　揺らめきの先に森のようなものが見える！」

　チビ助たちも驚いた様子で俺を見つめた。

「はう！」

「ゆらゆらです！」

「ほんとだ、森が見えるぜ！」

「レオン⁉」

　思わず俺に抱きつくレナの頭に、ポンと手を置く。

「心配すんなって。ティアナも俺もここ暫く忙しくて、お前たちと一緒に遊んでやれなかったからな。約束してた露天風呂(ろてんぶろ)も作ってやれなかったし、その代わりと言ったらなんだけど、一緒に少しばかりピクニックに出かけようぜ」

　ティアナはくすくすと笑っている。

　チビ助たちを連れて行くんだ、前もってティアナには相談していたからな。

　レイアとロザミアも驚いた様子だが、すぐに興味津々といった様子でゲートの中を覗き込む。

「これは本当に森に繋がっているのか⁉」

「うむ！　主殿がやることに間違いはない」

フレアが目を見開いて俺に言う。

「いいのレオン？　ポータルで繋げられる場所は一か所だけよ。ここで使ってしまったらバルファレストとのゲートは消えてしまう。簡単に行き来は出来なくなるわ」

「構わないさ。出て行く時に、もうあそこに戻る理由はないって言っただろう。どうせ使うならお前たちのために使いたいからな」

あそこにいるのは確かに血を分けた兄弟だが、あんな連中よりも今一緒にいる仲間の方が俺にとっては遥かに大事だ。

フレアは嬉しそうに微笑む。

「ありがとう、レオン！」

「さあ、行くぞ！」

俺はそう言うと先陣を切ってゲートをくぐった。続いて入ってきたのがシルフィだ。その後から、チビ助たちがフレアやティアナと一緒に入ってくる。

そして、声を上げた。

「ふぁあ！　フレアママ、凄(すご)いのです」

「ほんとに森の中なのです！」

「でしょ？」

そう言って胸を張るフレア。

鬼の血を引いているお蔭でもうだいぶ体力は戻ってきたものの、まだ神通力は回復してはいないのが俺には分かる。あれだけの力を使えば当然だな。

こうして自然の中にやってくるのも、山育ちの土地神であるフレアにとっては英気を養うのにいいはずだ。

あとは東方の懐かしい料理を食べてゆっくりと寝たら、その力も大きく回復するに違いない。

たまにはこういうのもいいだろう。

レナとキールは目を輝かせている。

「ねえティアナお姉ちゃん！　見て、綺麗な滝！」

「すげえ！　でっかな滝だ」

「ふふ、そうね二人とも」

子供たちも連れて行きたいと話したら、冒険者たちがおすすめの場所を教えてくれたからな。

少し山の奥だが、ここは食材も豊富で大きな滝と綺麗な川が流れる最高の場所だそうだ。

続いて入ってきたのが、ミネルバとレイア、そしてオリビアである。

息を呑む二人の女騎士。

「嘘……でしょ？」

「まさか、本当に森に繋がっているとはな」

オリビアに至っては唖然と立ち尽くしている。

「なにこれ……王宮の中から本当に森の奥へ⁉」

そして、呆れたように俺に言った。

「貴方と一緒にいると驚いてばかりだわ！　こんなことが本当にあるなんて」

ミネルバが大きく頷く。

「ほんとだね。坊やといると飽きないよ。一々驚いてたらきりがなさそうだ」

そう言って腰に手を当てて豪快に笑う。

見た目と違って、こういう気取らないところがミネルバのいいところだな。

レイアも笑いながら同意する。

「ふふ、確か古に空間を操る魔法があったとは聞いていたが、まさか本当に使いこなせる者がいるとは」

「まあな。倒魔人の仕事じゃ遠方に行くことも多くてな。覚えるのには苦労したが、その価値は十分にあるからさ」

流石レイアだ、色々と詳しいな。

　ポータルが空間を制御する魔法だと分かるのは、この手の文献を読み込んでいるからだろう。

　かつては三か所までゲートを維持出来たが、今は一つがせいぜいだ。

「ん？　おかしいな」

　首を傾げる俺にティアナが尋ねる。

「どうしたんですか？　レオンさん」

「いや、ロザミアの奴、どうしたんだろうってな。もしかしたら怖かったのかな？　あいつのことだから俺と一緒に喜んで入ってくると思ったんだが」

　ティアナは軽く咳払いをして、川の方を指さした。

「あ、あのレオンさん。ロザミアさんならとっくにあそこに。レオンさんがみんなと話してる後ろを、凄い速さで羽ばたいて川に飛び込んでいきました」

「は？」

　俺はティアナが指さす方を眺めた。

　すると、清流の中からざばっとロザミアが顔を出す。

　そして何かを両手に抱えながら嬉しそうに俺たちに言った。

「見てくれ主殿！　さっそく捕まえたのだ‼」

　その腕に抱かれているのは結構な大きさの鱒である。

「は、ははは。ロザミアのことは心配無用だったな」

食べ物が絡むと、川魚を狙う水鳥よりもすばしっこいな。

そんなことを考えていると、魚を抱えて満足げなロザミアの元にチビ助たちが駆け寄っていく。

「すっげえ！　ロザミア姉ちゃん！」

「おっきいお魚ね！」

「ふぁああ！　ロザミアお姉ちゃん凄いのです！」

「ミーアもお魚とるです！」

そう言ってはしゃぐ子供たち。

こりゃみんなを連れてきて良かったな。

清流の浅瀬（あさせ）で、チビ助たちがロザミアと一緒に魚を捕まえながら川遊びを始める。

俺はアースゴーレムのロックを呼び出した。

「ゴモ〜！」

大きな姿で子供たちを眺めるロック。

チビ助たちがその姿を見て、喜んで駆け寄ってくる。

「ゴモちゃんです！」

「こんにちはなのです！」

双子にそう挨拶をされて、ロックは嬉しそうに笑うと、片方の手で二人を手のひらに乗せて、もう片方の腕で上手に川の一部をせき止める。

ロックの右腕に囲われた部分がまるで岩で囲われたプールのようになって、二人はそこにそっと下ろされた。

「ふあああ！　凄いのです」

「ゴーレムさん、ありがとなのです！」

「ゴモゴモ～」

ロックは照れ臭そうに頭を掻いた。

これならチビ助たちも安心して水遊び出来るな。

魚も捕まえやすいだろうし。

レナとキールはいつも魚を捕まえているからなのか、ロザミアと協力して、ロックの腕で囲まれたところに器用に魚を集めていく。

レナが小さな体で大きな魚を抱きかかえた。

「やったわ！　こんなに大きな魚を捕まえたの初めて」

「へへ、都の近くの川じゃこうはいかないもんな」

楽しそうな子供たちの様子を見て、少しうずうずとした様子のオリビアの姿。

俺はそんな彼女を肘で軽くつついて尋ねた。

「やってみたいのか？　オリビア」

「そ、そうね！　やってみようかしら？」

ティアナが心配したように俺に尋ねる。

「レオンさん、いいんですか？　王女殿下にそんなことさせてしまって」

「はは、いいさ。お姫様の方がやりたいみたいだぜ」

幼い頃から王女として育ったオリビアにとっては、初めての体験だろうからな。

興味津々なのも分からなくもない。

彼女はこほんと咳払いをして美しい紫の髪を束ねると、少しだけ腕まくりをしてロックがせき止めた岩の腕のいけすに入っていく。

水の中の魚を夢中になって目で追いかけているリーアとミーアの隣で、一緒に同じポーズをとるオリビアに、レイアははらはらとした様子だ。

「オ、オリビア様、ほらそこです！」

「え！　ええ、分かってるわレイア！　えい‼」

掛け声は勇ましいが、おっかなびっくりな様子なので中々捕まえられない。

先にチビ助たちが小さな魚を捕まえて、オリビアに見せた。

「王女様、リーア捕まえたです！」

「ミーアもです！」

「凄いわね、私も負けないわ！」

チビ助たち相手にライバル意識が目覚めたのか、腰が引けていたオリビアもいつしか夢中になって獲物を追いかけていた。

そして、ついに――

「――‼　やったわ！　ほら、レオン！　みんな！　見て！　私も捕まえたわよ！」

「やったな！　オリビア」

小さいが、立派にその手に魚を捕まえている。

満面の笑みを浮かべるオリビアは、まるで幼い少女のようだ。

王女であるにもかかわらず、こういうところもあるのがオリビアの魅力の一つだろう。

そんなオリビアを見て感激したように拍手を送るレイア。

「姫様！　やりましたね」

「ええ、意外と簡単だわ！」

そんな中、調子に乗っているオリビアの手からするっと魚が逃げ出した。

それを慌てて捕まえようとして、お手玉をした挙句、獲物がするりと彼女の洋服の胸に入り込む。

「きゃう‼」

高い声を出して、いけすの中で飛び跳ねるオリビア。

「さ、魚が服の中に！　レオン！　早くとって‼」

そう言って、傍に立つ俺に助けを求めてしがみつく。

早く取って欲しいのだろう、胸の谷間が見えるほど洋服の前の部分を開いて俺に迫る。

「ちょ！　ま、待てって！　取ってって言われてもだな！　そうはいかないだろ⁉」

なにしろ相手は大国の王女様だからな。

魚が洋服の中に飛び込んだからって、「はいそうですか」って手を入れて取り出すわけにはいかない。いや、そもそも王女相手じゃなくても出来ないけどな。

「は、早くしてレオン！」

「ま、待てって！」

寄りかかるオリビアに押されて、思わず俺たち二人は川の中で尻もちをつく。

王女に覆いかぶさられて大きな胸の感触が俺の顔に当たった瞬間、その谷間から魚が飛び出して川に戻っていった。

俺は溜め息をつきながらオリビアに願い出る。

「はは、とにかくそこからどいてくれないか。息が出来ない」

頬に当たる柔らかい感触の中でもごもごとそう言う俺を見て、オリビアが慌てて胸を押さえると真っ赤になって睨んだ。

「レ、レオン！」

「いや、俺を睨まれても」

抱きついてきたのはオリビアだからな。

しかし文句を言おうにも、犯人は既に逃亡済みである。

ミネルバは腰に手を当てて笑っている。

「あはは！　オリビア様、まだまだ修業が足りませんね」

「もう！　ミネルバまで、知らない！」

そんなオリビアの姿を見て、俺たちは顔を見合わせて笑った。

存分に川遊びと魚獲りを楽しんだ後、俺たちは冒険者仲間から貰った地図を見ながら、少し川を下っていった。美味しそうな山菜や、キノコを見つけては籠へと入れていく。

落ち葉に埋もれた大きなキノコを見つけたシルフィが子供たちを呼んだ。

「ここに大きなキノコがあるわよ！」

それを聞いて駆け寄るチビ助たち。

「ふぁ！　ほんとです」

「おっきなキノコです！」

リーアたちと手を繋いでいるフレアが、それを見て頷いた。

「凄いじゃない。ヤマトオオタケよ、とても香りが良くて美味しいんだから！」

この地方での呼び方は違うが、かつての東方ではそう呼ばれていた大きなキノコだ。

中々手に入らない貴重なものだが、他にも生えているのが見える。

山菜などと一緒に炊き込みご飯にすると、その香りと相まって何とも言えないほどの美味だ。

ミーアとリーアは一緒にその大きなキノコをそれぞれに手に取ると、嬉しそうに籠の中に入れる。

「ヤマトオオタケとったのです！」

「美味しいキノコなのです！」

フレアからの受け売りでそう言いながら、ちょこちょこと歩くチビ助たち。

レナやキールも張り切ってキノコや山菜を採っている。

彼女たちの姿はとても楽しそうだ。

「連れてきて良かったたな」

ティアナとロザミアが微笑む。

「ええ！　子供たちを連れてこんなところに遊びに来れるなんて。レオンさん、ありがとう」

「うむ！　主殿、私も大きなキノコを採ったぞ！」

俺はその一際色鮮やかなキノコを、ジト目で眺めながら答える。

「は、はは……ロザミア、そいつは毒キノコだぞ」

「むう！　こんなに美味しそうなのに」

彼女は惜しそうな顔をしながらキノコを手放した。

相変わらずだな、ロザミアは。

それにしても皆で来て良かった。

オリビアも大きなキノコを採って自慢げにミネルバたちに見せている。

他にも酸味（さんみ）が特徴的な山檸檬（ヤマレモン）と呼ばれる黄色い果実や、竹林でタケノコも掘（ほ）る。

冒険者たちの地図のお蔭で、あっという間に俺たちの籠は山の幸で一杯になった。

「ふぅ。結構な収穫（しゅうかく）だな。ギルドの皆には感謝しないとな」

俺の言葉にティアナやロザミアも大きく頷く。

「そうですね。今度何かお返しをしないと」

「うむ！」

中にはティアナを奴隷（どれい）商人に引き渡す手伝いをしたガルフや、あのアーロンみたいな奴もいるが、他の連中とは気のいい仲間になれそうだ。

俺は皆に声をかける。

「さて、そろそろゲートに帰るとするか！」

オリビアたちも同意する。

「そうね！　楽しかったからいつの間にか時間が過ぎてたわ。今頃はジェファーレント伯爵夫人も王宮にやってきてるかもしれないし」

「確かにそうですね。私もつい時を忘れてしまった」

レイアも頷きながらそう言った。

ミネルバも整った鼻梁でキノコの香りを楽しみながら、俺に言う。

「そうだな。坊や、感謝する。とても楽しかった」

「こっちこそ。なあ、みんな」

俺がチビ助たちにそう言うとにこにこ顔で頷く。

「「はいです！」」

「ええ！」

「俺も楽しかったぜ！」

フレアもチビ助たちと手を繋いで楽しそうだ。

ニーナさんやギルドの皆にはまた何かの時に礼をしよう。

かつての仲間たちとは違うが、ティアナやロザミアとのパーティも心地いい。冒険者稼業も悪くないな。

そんなことを考えながら、俺は皆と一緒に来た道を滝へと戻っていく。

滝に到着すると、フレアとチビ助たちは手慣れた様子で清流で身を清める。

フレアは山育ちだからな。

それを眺めながら、オリビアは泉のようになっている滝つぼを眺めた。

「汗もかいたし、帰る前に少し身を清めたいわ」

その言葉にミネルバも頷いた。

「確かに、ここで水浴びをしたら気持ち良さそうです」

俺は肩をすくめると答える。

「おいおい、いくら森の奥だからって、王女様や公爵令嬢のミネルバにこんなところで裸になってもらったら困るぞ。誰かに見られたらどうするんだ？」

すると、オリビアは悪戯っぽく笑う。

「あら、大丈夫よ。その心配はいらないわ」

そう言って目の前で大胆にも服を脱いでいく。

「ちょ！　ちょっと待てって」

慌てる俺を見て、オリビアはさっきの仕返しと言わんばかりに微笑む。

大胆に脱ぎ捨てられた服の下から出てきたのは、裸の王女殿下ではなく水着姿のそれだ。

「ふふ、慌てちゃって。安心なさい、きちんと水着は着てるわ」

「おいおい、どうして水着なんて着てるんだよ」

俺の問いにオリビアは答える。

「レオンの部屋に行けばいつでも温泉に入れるから、下着代わりに水着を沢山用意させてるのよ。着替えも減ってその方が便利だもの。ミネルバやレイアも同じよ」

ミネルバやレイアもバツの悪そうな顔で頷く。

「ま、まあ、そういうことさ」

「着心地(きごこち)は悪くないですからね」

ったく、揃いも揃ってすっかり俺の宿舎をたまり場にしている様子である。

とんだ不良王女と女騎士たちだ。

オリビアは美しい髪を靡(なび)かせ、ゆっくりと滝つぼに入っていく。

そして振り返るとミネルバとレイアにも勧(すす)めた。

「ミネルバ、レイア！　貴方たちも来なさいよ。気持ちいいわよ！」

確かに気持ち良さそうだ。こんな絶景(ぜっけい)の中で身を清めるのは最高だろう。滝からしぶきが舞い上がって、涼(りょう)を醸(かも)し出している。

ミネルバとレイアは顔を見合わせると頷いた。

「それもそうだね、こんな場所で水浴びが出来る機会もそうはない」

「姫様がそう仰(おっしゃ)るのなら」

ミネルバは大胆に、そしてレイアは少し恥ずかしそうに鎧や衣服を脱ぎ捨てると水着姿になった。そしてオリビアの後へ続く。三人の姿は、さながら水浴びをする森の妖精たちのようだ。

そう言ってロザミアまで鎧を脱ぎ捨てると、滝つぼに飛び込んだ。

「お！　おい！　ロザミア、お前は水着を着てないだろうが！」

裸になって滝つぼの中を泳いでいるロザミアの姿は、まるで天使と見間違えそうな光景だが、気が付くと俺の前にティアナが眉を吊り上げて立ちふさがっている。

「……レオンさん。何見てるんですか？」

「は、はは、見てないって」

俺はそう言って滝つぼに背を向ける。ティアナに睨まれるのは怖いからな。

ロザミアの声が聞こえる。

「主殿！　主殿も早く来るのだ、気持ちいいぞ！」

ったく、こちらの気も知らないで呑気なものだ。

その時――

「きゃ‼」

オリビアが小さな悲鳴を上げる。俺は背を向けたまま問いかけた。

「どうした、オリビア？」

「今、背中を誰かが……ミネルバ、レイア、貴方たち、私の背中を触りましたか？」

オリビアの問いかけにミネルバとレイアの否定する声が聞こえる。

「いいえ、姫様」

「触ってませんよ」

そう答える二人に、オリビアが訝しげな声を上げた。

「そうですか？　おかしいわね。確かに誰かに触られた気がするんだけど」

すると今度はレイアが高い声を上げる。

「きゃ！　な、なんだ？　い、今誰かが私の内腿（うちもも）を……」

その声に俺は思わず振り返る。

すると、オリビアたちがいる滝つぼの中に、何か黒く大きな影を見つけた。

「おい！　そこに何かいるぞ、みんな早く滝つぼを出ろ‼」

青ざめるオリビアの姿。

「何かって一体何が⁉」

まさか敵か⁉

動揺（どうよう）して足がすくんだのか立ち尽くしているその姿を見て、俺は一気に滝つぼに駆け寄ると飛び込んだ。

同時にミネルバの叫びが辺りをつんざく。

「いやぁあああああ‼」

三大将軍の一人とは思えないほどのあられもない悲鳴だ。

ている。

「ミネルバ‼」

滝つぼに浸かっていたミネルバの胸からウエストにかけて、何かがしっかりと絡みついている。

俺は黒い影の首根っこをつかまえた。

「こ、こいつは……」

フレアもそれを見て声を上げた。

「レオン、もしかしてそれは」

「ああ、それにしてもデカいな。滝つぼには大物がいる時があるのは知っているが、こいつは特大だ」

普段は勝気なミネルバの顔が青ざめている。

そして俺を見つめながら言った。

「坊や、一体なんなんだいこれは！　早く私の体から引き剥がしてくれ、ぬるぬるして気持ち悪い！」

俺の腕ほどもある太さをした蛇のようなそれは、よほど気に入ったのかミネルバの体にしっかりと巻き付いている。

美貌の女将軍のその姿はとても誰かに見せられるものではない。

普段のミネルバなら容易く自分で引き剥がせるだろうが、その感触がよほど気持ち悪いのか、鳥肌を立てて固まっている。

俺は苦笑しながらミネルバの体からそいつを引きほどいた。

そして、新たな獲物を皆に見せる。

「こいつは鰻だ！　だが、こんなにデカい奴は俺も初めて見たぜ」

「う、鰻？」

ミネルバはまだ青い顔をしてこちらを見ている。

男勝りのミネルバも、鰻のことは知らないらしい。

東方じゃあよく食べるが、それ以外の場所ではあまり食用としては聞かないからな。

滝つぼは川の流れが途切れている場所だけに、時折、長い年月同じ場所で過ごして、大きくなる奴がいる。

それにこいつはただの鰻じゃない。

尾の辺りが鮮やかな紅色の尾紅鰻だ。俺が東方にいた頃は鰻の中でも特に美味で珍重されていた。

ロザミアが生まれたままの姿でこちらにやってくる。

「それは食べられるのか？」

「ああ、ロザミア。美味いぞこいつは」

その時——

こいつに絡みつかれた時に紐が緩んだのだろう、ミネルバの胸の水着がはらりと解けて、川に流れていく。

「あ……」

美神ともいえるプロポーションが露わになる。

思わず絶句する俺の前で、呆然と俺を見つめるミネルバの悲鳴がまた森の中に響いた。

「いやぁあああ！　何見てるんだい！！！」

俺は獲物を腕に抱えたまま、王国の女将軍の平手を思いきり頬に受けたのだった。

ったく、どうしてこうなるんだ。

俺は天を仰ぎながら深い溜め息をついた。

## 4　東方の料理

こうして森の奥での食材探しをたっぷりと楽しんだ後、俺たちはポータルで開いたゲートをくぐり王宮へと戻ってきた。

背中に籠をしょって戻ってきた俺を見て、サリアが目を丸くする。

「おかえりなさい皆さん！　……あ、あのレオンさん、その頬の痣は？」

俺の頬にはまだ、ミネルバに平手打ちされた赤い手のひらの痕(あと)がくっきりと残っている。

「はは、まあ色々あってな」

それを聞いて、ミネルバがツンとした顔で俺に言う。

「坊やが悪いんだろう？　あんなにじっと見たりして！」

「おい、ミネルバ。人聞きの悪いことを言うな」

完全に不可抗力(ふかこうりょく)である。目の前で突然あんなことになれば、ああなるのは仕方ないだろう。

それにじっとなんて見てないぞ。

ロザミアは翼をパタパタとさせながら胸を張る。

「私は主殿に見られるのなら平気だぞ！　主殿は将来、私の夫になる男だからな」

……ロザミア。

したり顔で何を言ってるんだお前は。

ミネルバが真っ赤な顔になっていく。

「お、夫！！！？」

ティアナは眉を吊り上げて俺を睨むと一言言った。

「破廉恥(はれんち)です！」

「いや、だから俺は悪くないって」

どうしてこうなるんだ。

不思議そうに首を傾げるサリアと、くすくすと笑いながらそれを見ているオリビア。

レイアは肩をすくめて笑う。

「まあ、レオンで良かった。他の男なら今頃、ミネルバ様の剣の錆となっていただろうからな」

ミネルバはまだ少しツンとしながら頷く。

「当たり前だ、坊やでなかったら生かしておかない」

「おい、恐ろしいことを言うな」

王国の女将軍が言うと冗談に聞こえないから困る。

そんな中、リーアのお腹がくぅと可愛い音を立てる。

「ふぁ、お腹が鳴ったです～、いっぱい遊んでリーアお腹減ったのです！」

「ミーアもです！」

ジッとこちらを見上げる双子に、ミネルバの表情が和らいだ。

「そうだな、私もお腹が空いた。早くフレアのために料理を作らなくてはな」

それを聞いてフレアが大きく頷く。

「そうよ、楽しみにしてるんだから！」

ティアナも笑顔になって同意した。

「そうですね！」

どうやら女性陣の機嫌は直ったようだ。

質のいい食材もたっぷり採ってきたし、最後は思わぬ収穫もあったからな。

俺はサリアに尋ねた。

「そういえば、サリア。ジェファーレント伯爵夫人からの返事はどうなった？」

「はい！　すぐにお返事が参りまして。皆様の準備が出来ましたらぜひ、都のジェファーレント家の邸宅に来て欲しいと。皆様がいらっしゃる前に必要なものを必ず揃えておきますと使いの方が。ジェファーレント家からの馬車も、銀竜騎士団の練兵所の外で待っていますわ」

「ジェファーレント家に？」

てっきり夫人やエレナがこちらに来るかと思ったのだが、どうやらあちらに招待してくれるらしい。

俺はオリビアに問いかける。

「だそうだが、オリビアは出かけられるのか？」

王女がそうそう王宮を留守にも出来ないだろう。

そんな心配に、彼女は笑いながら首を横に振る。

「ジェファーレント商会から正式に招待状が届いているのでしょう？　伯爵家、しかも相手は周辺諸国にも大きな影響力がある大商会よ。王族だって無下にすることは出来ないわ。それに出かけると言っても、ジェファーレント商会の邸宅は王宮のすぐ傍だもの」

「なるほどな」

オリビアが出かけやすいように、伯爵夫人は正式な招待状を書いて使者を寄こしたのだろう。

流石、大商会を仕切るだけあってそつがない。

ロザミアは頬を緩ませて俺を見る。

「主殿、そうと決まれば早く行こう！　きっと美味しいものが沢山食べられる」

町でアイスクリームを貰ってから、ロザミアの中ではジェファーレント商会の株は爆上がりらしい。

まあ、断る理由なんてないからな。

わざわざ準備をして待ってくれている伯爵夫人やエレナに感謝だ。

「そうだな、それじゃあ早速出かけるとするか！」

全員異議なしという様子で、オリビアの侍女のサリアを加え、俺たちはジェファーレント家の邸宅に移動する。

立派な白い馬車が四台も用意されていて、食材を積むのにも十分事足りた。

オリビアが話していた通り、邸宅は王宮のすぐ傍に建っていて、王家との繋がりの深さを物語っている。

王家にとってジェファーレント伯爵家は、それほど重要な存在だということだろう。

白く大きな邸宅を見て、チビ助たちは目を丸くした。

「おっきなお家です！」

「凄いのです！」

「へへ、きっと凄いご馳走が作れるぜ！　楽しみだな」

「そうねキール。頑張って一杯食材を集めてきたんだもの」

俺も邸宅の立派さに感心しながらオリビアに言った。

「こりゃ凄いな。てっきり王宮の一部かと思ってたぜ」

オリビアは微笑みながら答える。

「それだけの力を持っているということよ。貴方が持っているプラチナのカードは、王族の中でもほんの一部しか持っていない特別なものなんだから」

「はは、そうらしいな。お蔭で助かってる」

ジェファーレント伯爵夫人であるフローラから貰ったプラチナに輝くカードの威力は、確かに半端ではない。

皆の洋服を買いに行った時も、あの失礼な店員と店主が、一瞬にして手のひら返しをするぐらいだったからな。

そんなことを思い出していると、使いの者に知らせを受けたのだろう、伯爵家の邸宅から一人の少女が飛び出してくる。

護衛騎士のサラと一緒に息を切らせてこちらに駆けてくるのは、エレナだ。

「レオン様！　それに王女殿下や皆様も！　よく来てくださいました」

「ああ、エレナ。招待してくれてありがとな」

すぐに伯爵夫人も多くの侍女たちを引き連れてやってくる。

「まったくエレナったら。そんなに慌てたらレオン様に笑われますよ」

オリビアやミネルバに深々と頭を下げる伯爵夫人のフローラ。オリビアも挨拶を返す。

「招待感謝しますわ、伯爵夫人」

ここに出かける前に、オリビアはいつもと同じくドレスに着替えている。

さっきまで森の中で食材探しをしていたのが嘘のように、王女に相応しい立ち振る舞いだ。

双子のチビ助がオリビアの真似をする。

「「ご招待ありがとうなのです！」」

伯爵夫人はそんな二人に目を細める。

「いらっしゃい。可愛いお嬢さんたち」

俺は夫人に礼を言った。

「色々頼んじまって申し訳ない。厚かましいとは思ったんだが、こちらじゃ中々手に入らないものもあってな。ジェファーレント商会ならこんな時に頼りになると思ってさ」

その言葉に伯爵夫人は微笑むと答える。

「いいえ！　レオン様に頼りにしていただいたと伺って嬉しかったですわ。レオン様は私たちの命の恩人。お役に立てることがあれば光栄です」

エレナも大きく頷いた。

「はい、お母様！　そ、それに一度レオン様を屋敷にご招待したくて‼」

護衛騎士のサラが、そんなエレナを見つめながら俺に言う。

「お嬢様ったらレオン様の役に立てるならと、今回の一件で色々なところに走り回っていたんですよ」

「もう、サラったら！」

「だって、本当のことじゃないですか？」

どうやら伯爵令嬢のエレナ自ら、色々なところに交渉してくれたようだ。

「感謝するぜ、エレナ！」

「いいえ、レオン様！　お母様も手伝ってくださったので、ご依頼の品は揃えられたと思います。どうかご確認くださいませ」

そう言ってエレナと伯爵夫人は、俺たちを屋敷の中に招き入れる。

そして、屋敷の奥にある厨房へと案内してくれた。

数々の調理器具が並べられたそこでは、一人の少女が俺たちを待っていた。

伯爵夫人が俺たちにこの部屋と彼女の紹介をする。

「ここはお客様専用の厨房ですからご自由にお使いくださいませ。それから彼女はアスカ、東方出身であちらの料理にも詳しいですから」

夫人からの紹介を受けて、アスカという少女が俺たちに深々とお辞儀をした。

「いらっしゃいませ！　伯爵夫人やエレナ様にお話を伺ってお待ちしていました」

年齢は十六歳ぐらいだろうか、着物を着て黒髪を後ろでまとめたその姿は、東方の民族特有の雰囲気を醸し出している。

俺はアスカに頭を下げる。

「すまないな。手伝ってくれるなら助かる」

アスカは首を横に振ると俺たちに答えた。

「いいえ、こちらこそ。お話を伺って自分から願い出たんです。皆様の中にも東方にいらした方がいらっしゃるとお聞きしまして、ぜひお手伝いがしたくて」

「ありがとな、俺はレオンだ。アスカ、よろしく頼む」

「はい！　レオンさん」

伯爵夫人が俺たちに説明してくれる。

「ヤマトと言えば遥か遠い東方の国ですから直接の国交はないのですが、この国にも東方の出身の者たちがコミュニティを作っています。彼らの中には非常に質のいい武具を作る鍛冶職人もいて、今朝レオン様たちにお渡しした剣や杖も、彼らの作ったものですのよ」

「東方の鍛冶職人か、確かにいい剣だったな」

今度は夫人に代わってエレナが続ける。

「はい、レオン様。彼らは食生活が独特で、特に米にこだわってとても大事にしているんです。商会が用意した土地で、彼ら自身が作っているんですよ。アスカはうちで働いてくれている鍛冶職人の娘で今回の話をしたらぜひにって！」

「なるほどな」

満足な仕事をしてもらうために、土地まで用意するとは大したもんだ。

いい仕事はいい人材がいなければ始まらない。ジェファーレント商会がこれだけ大きくなったのも分かるな。

アスカは俺たちに言った。

「奥様たちが用意してくださった土地で育てたお米です。しっかりと手をかけて育ててますから、自慢の出来栄えなんですよ！」

「へえ、そりゃ楽しみだ」

テーブルに並んだ大きな器の一つには、つやつやとした米が入っている。

それ以外にも、頼んでおいた調味料が並んでいた。

エレナは慣れない様子で一生懸命説明してくれる。

「えっと、それからこれが豆から作った味噌と醤油というもので、こちらが料理に使うお酒に……他にも色々と。そうよね？　アスカ」

アスカは頷いた。

「はい！　お味噌もお醤油もしっかりと時間をかけて、私たちが一から作ったものです。お酒だってそうなんですよ。お嬢様の大切なお客様へのおもてなしですから最高のものをご用意しています」

「そりゃありがたいな！」

アスカの話では、大国アルファリシアには東方から来た様々な職人たちが集まっているらしい。

ジェーレント商会の本部があることも大きいのだろう。

彼らの中で消費される醤油や味噌、そして酒を作ること自体が商売にもなっているのだそうだ。

エレナは短時間でそれらを集めるために奔走してくれたのだろう。

俺はエレナに頭を下げる。

「本当にありがとうな、エレナ！」

「はい！」

嬉しそうな娘を見て夫人は微笑んだ。

「良かったわね、エレナ」

「ええ、お母様！　あ、あのレオン様、私たちもご一緒していいですか？」

俺は大きく頷いた。

「ああ、ぜひ頼む。俺たちも食材を沢山集めてきたからな、出来上がったら二人も存分に食べてくれよ」

「ありがとうございます、レオン様！　楽しみですわ！」

厨房の隣には食堂も併設（へいせつ）されており、壁（かべ）がないのでそこから厨房も見られるようになっている。

「さあ、じゃあ始めるとするか！」

ティアナやフレアをはじめとして、大きく頷く料理班の面々。

まずは採ってきた食材をテーブルの上に並べる。

籠から取り出された食材を見て、アスカが驚いたように目を丸くした。

「凄い！　こんなに立派なヤマトオオタケが沢山！　それに、山菜やタケノコも立派なものばかりですね」

「ああ、ちょっとばかり秘密の穴場で集めてきたからな。それにこいつを見たら驚くぞ！」

俺はそう言って、しょっていた籠を下ろすと例の大物を取り出した。

そしてアスカに尋ねる。

「どうだ、大物だろ？」

「すっごい！　こんなに立派な尾紅鰻を見るのは初めてです！　捕まえるのは大変だったでしょう？」

その問いに俺は肩をすくめた。

「そうでもないさ。なにしろ公爵令嬢自ら生餌（いきえ）になって誘い出してくれたからな」

俺の言葉に、ミネルバがあの時のことを思い出したのか鳥肌を立てている。

ぶるっと体を震わせながら鰻を眺めると、俺を睨んだ。

「誰が生餌だって……死にたいのかい？　坊や」

その手には包丁が握られている。

おい、本当に殺気がこもってるぞ。

「はは、冗談だって」

「まったく、人の気も知らないで。私はそれには触らないからね！」

どうやらすっかりトラウマになった様子だ。

俺たちはアスカと相談して、作る料理を決めると早速調理に取り掛かる。ティアナやフレアは手慣れたものだが、ミネルバも器用に山菜やキノコを切り、下ごしらえをしていた。

「さて、山の幸ならお手の物だ。俺も手伝うか」

俺も倒すべき相手を追って山に籠ることもあったからな、食料確保のために山で捕らえた獲物を捌くことには慣れている。

包丁を手にして鰻を捌いていると、アスカが感心したように俺を見つめていた。

「レオンさん、手慣れてるんですね！」

「まあ、これぐらいはな」

ティアナみたいに手の込んだ料理は作れないが、せっかく皆で食材集めをしたんだ。

それに、フレアのために俺も出来ることをしたいしな。

そんな中、アスカはやや真顔になると、ティアナと一緒に若干離れた場所で調理を続けているフレアを見つめる。

「あ、あの、少し伺いたいんですけど、あちらの方はフレアさんと仰るんですよね。あの額の角は……」

ああ、そうか。アスカは東方出身だからな。鬼のことも知っているのだろう。

「心配するな。フレアは俺にとって信頼出来る仲間だからな。鬼の血を引いてはいるが、人を襲うことなどない」

「は、はい。それは奥様からも聞いていますから……」

そう答えると、アスカはもう一度フレアの横顔を眺めた。

ミネルバが伯爵夫人に詳しい事情も伝えてくれたのだろう。

俺たちがフレアのために東方の料理を作りたいってこともな。

それにしても妙だな。怖がっている素振りはないし、何か他に気になることでもあるのか？

アスカはその後、俺に言った。

「あの、レオンさん。この鰻の味付けは私に任せてくれませんか？　きっと美味しく調理してみせますから」

そう意気込んでみせるアスカに、俺は少し考え込んでから頷いた。

「ああ、そうだな。分かった。それじゃあこいつの味付けはアスカに任せるとするか」

東方出身のアスカなら間違いはないだろう。

自分たちで米まで育てているぐらいだからな。

「ありがとうございます！」

アスカはそれを聞くと嬉しそうに笑う。

「ああ、頼んだぜ！」

フレアのことをやけに気にしていると思ったが、どうやら俺の気のせいか？

東方の出身と言っても鬼の存在は珍しいはずだ。だからついフレアに目がいったのだろう。

そんなことを考えていると、フレアがティアナとミネルバに米の研ぎ方を教えているのが聞こえた。

「ただ洗うんじゃなくて、こうやって何度か研いで、あとは水に浸しておくのよ」

「そうなんですね。なるほど！」

「パンとは全く違うのだな、勉強になる」

ティアナは分かるが、ミネルバも意外と本気で料理をやっているらしい。

チビ助たちも興味津々といった様子でティアナの傍で聞いている。

「リーアも手伝いたいのです！」

「ミーアもです！」

レナやキールも頷いた。

「私にも出来ることない？」

「へへ、俺も手伝うぜ！」

そんなチビ助たちに俺は言った。

「じゃあ、俺と一緒に魚を焼く準備をするか？」

手伝いが出来るのが嬉しいのだろう、チビ助たちは嬉しそうに俺の傍にやってくる。

「「準備するです！」」

「そうね、魚を焼くぐらいならきっと手伝えるわ」

「ああ、俺たちだっていつも魚は獲ってくるもんな」

厨房には、魚などを焼くための目の細かい大きな金網もある。

俺はそれをひょいと持ち上げると、グリル用の横広の窯の上にそれを置いた。

アスカが俺に言う。

「レオンさん、魚を焼くなら炭を使ってください。普通に焼くのよりもずっと美味しく出来ますから」

「へえ、炭まであるんだな」

ヤマトにいた頃はよく炭火で色々と焼いていたものだ。

「はい、そこに持ってきていますから」

厨房の隅に、黒いものが入った袋が置かれている。

きっとこの炭も米と同様に、アスカたちの仲間が作ったのだろう。

鍛冶職人だって言ってたからな、火を扱うのにも長けているに違いない。

俺が頼むと、チビ助たちはその炭をグリル窯の中に丁寧に並べ始めた。

「まっくろなのです！」

リーアが楽しそうに炭を手に取ると、俺に見せてくれる。

「だな！」

俺がそう答えるとにっこりと笑うリーア。

こうやって皆で準備をするのも悪くない。

そうこうしているうちに、フレアたちは研いだ米を大きな釜の中に入れると、そこに山菜やキノコも一緒に入れていく。

フレアが作ろうとしているのは、山菜とキノコの炊き込みご飯だな。

昔から東方にある伝統的な料理の一つだ。

「そうね、醤油とお酒で味を付けて……と。キノコからきっといいダシが出るわね」

そんなフレアにアスカが感心したように言う。

「向こうの味付けに詳しいんですね、フレアさん」

「ええ！　東方で暮らしてたことがあるから」

アスカは頷く。

「伯爵夫人から伺いました。だから今日はフレアさんに会うのが楽しみで」

「私に会うのが？」

「は、はい。私、頑張ってお料理作りますから、フレアさんも召し上がってくださいね」

「ふふ、ありがとうアスカ。楽しみにしてるわ」

どうやらやはり俺の取り越し苦労だったようだ。

フレアが東方の出身だと伯爵夫人から聞いて、会うのを楽しみにしていたのだろう。鬼の血を引いているからといって、フレアを避けている様子は全くないからな。むしろ親しげだ。

米もたっぷりと水を吸った頃なので、俺が大きな釜を竈に据えると、薪を加えた。そして、ティアナが慣れた様子で火をつける。

いつもならフレアが火力を調節するのだが、まだ神通力が戻ってない彼女に無理をさせるのもなんだし、ティアナに任せるとしよう。

フレアに尋ねながら上手に火力を調節するティアナ。

ミネルバもそれに合わせて薪を加えていった。

暫くすると、釜の蓋の端から蒸気が漏れ出して、次第にそれがいい香りを厨房に漂わせていく。

沢山のキノコの中でも、王様ともいえるヤマトオオタケの香りだな。

あれだけの上物をたっぷりと使ってあるだけに、その香りも素晴らしい。

チビ助たちがごくんとつばを飲み込んだ。

「はぅう！　美味しそうなのです！」

「とってもいい匂いがするのです！」

「ほんとね！　まだ出来ないのかしら？」

「へへ、匂いを嗅いだらもっと腹が減っちまったぜ！」

オリビアも興味深そうに釜を見つめている。

「これが東方の料理ですか、とても美味しそうだわ！」

そう言いながらくぅと小さなお腹を鳴らす。

「はは、お姫様でもやっぱり腹は空くんだな。安心したぜ」

まあ、オリビアもあれだけ張り切ってくれたんだ、腹ペコになるのも当然か。

オリビアは赤い顔をしてこちらを睨む。

「今のは私ではありません！　レイアです」

王女の沽券に関わるのだろう。罪をなすりつけられてレイアが慌てている。

「ちょ！　ひ、姫様‼」

ミネルバは笑いながら釜を見つめる。

「本当にいい香りだ！　早く出来るといいね」

伯爵夫人とエレナも頷く。

そして、ロザミアといえば、もちろん最前列で釜をじっと見つめている。

「主殿！　こんなにいい匂いがするのだ、もう出来たのではないか⁉　わ、私が蓋を取ってみる！」

そう言ってロザミアが伸ばした手を、妖精姿のシルフィが抓った。

「もう！　ほんとに食いしん坊なんだから。もう少し待ってなさいよ。今開けたら台無しよ？」

「そ、そうなのか？」

相変わらずの二人の様子に、俺は笑いながら答えた。

「ああ、もう少しの辛抱だ。さてと、こちらもそろそろ焼き始めるか」

俺はその間にチビ助たちと一緒に準備した、グリル用の窯で魚を焼く。

炭にはもう火が入れてある。

金網の上に、最初にロザミアが捕まえた立派な鱒を置くと、ジュウと音を立てた。

暫くするとこちらからもいい香りが漂ってくる。これだけ立派な鱒は珍しいからな。そして、炭火でじっくりと焼き上げる鱒は最高である。

ロザミアが炊き込みご飯が入った釜と鱒を何度も見比べている。

そして辛抱出来なくなったのか声を上げた。

「もう我慢出来ないのだ！　早く食べさせてくれ」

ロザミアにしては我慢した方だな。

それから程なく、丁度どちらもいい頃合いになる。

「そろそろ良さそうだな」

フレアが頷くと釜の蓋を開けた。

「ええ、レオン。さあ、出来たわよロザミア！」

その瞬間、開けられた釜の中から、なんとも言えない良い香りが辺りに漂っていく。

ふんだんに入れられたヤマトオオタケと、手をかけて作られた醤油や酒の風味が一体になって、得も言われぬ蒸気となると辺りに立ち込めた。

ティアナや子供たちも手を叩く。

「はぁ！　美味しそう‼」

「「「早く食べたい‼」」」

その意見にオリビアたちも異議なしの様子だ。

フレアは炊き上がったご飯を器に入れて、厨房の中にあるテーブルに並べていく。

隣接（りんせつ）している食堂まで、ロザミアの我慢が持ちそうにないからな。

そして、ロザミアの前にも、ほかほかの炊き込みご飯が入った茶碗（ちゃわん）と箸（はし）を置いた。

「はい、ロザミア召し上がれ」

「フレアママぁ‼」

いや、ロザミア。

チビ助たちじゃあるまいし、お前がフレアママはないだろう。

慣れない箸だろうに躊躇（ためら）うこともなく、ロザミアはそれを大胆に手にすると、満面の笑みで声を上げる。

「いただきまぁす！」

まったく、飯を食べる時のロザミアは無邪気（むじゃき）なものだ。戦いの時は凛とした元聖騎士なのにな。

彼女は大きな口を開けてぱくりと一口ご飯を食べる。

そして、それを味わうと白い翼を震わせた。

「はぁあああ！　何なのだこれは！　美味しい！　とっても美味しいのだ‼」

そう言って頬を緩ませ顔を上気(じょうき)させると、ぷるぷると体も震わせる。

その姿を見て、皆思わずつばを飲み込むと顔を見合わせる。

そして、一斉に箸を手に取った。

「「「いただきます！」」」

そう言って、ティアナとチビ助たちもご飯を口にする。

そして、ティアナは目を見開いた。

「ほんと！　とっても美味しい‼　お米にキノコや山菜の旨味(うまみ)がしみ込んで！」

双子のチビ助たちも頬をすっかり緩めて大満足の様子だ。

「美味しいのです！」

「リーアたちが採ったキノコも入ってるのです！」

レナとキールも一口食べて体を震わせる。

「美味しい！　これが東方の料理なのね」

「へへ、森の中で頑張った甲斐(かい)があったぜ！」

フレアと俺も一口食べると顔を見合わせて頷いた。

俺の肩の上で「あ～ん」とばかりに一口を待っているシルフィにも箸で食べさせた。

大きな口でパクリと食べるシルフィ。

「ん～！　最高‼」

オリビアたちも俺やフレアの方を見て、それを真似るように箸を手に取り、上品にご飯を口にする。そして、ティアナと同じように目を見開く。

「美味しいわ！　それにこのキノコのいい香り」

確かに醤油をベースとしたダシとキノコが一体となって、最高の炊き込みご飯になっている。

あれだけの食材は中々手に入らないからな、これも冒険者仲間のお蔭だ。

ミネルバやレイアも満足の様子だ。

「んぅう！　美味しい！　自分たちで採ってきたものだと思うとひとしおだな」

「ええ、ミネルバ様！」

確かに山奥の森で苦労して採った分、その味も一段と格別である。

伯爵夫人とエレナも舌鼓（したつづみ）を打つ。

「ふふ、とっても美味しいですわ。エレナ、今度は私たちもご一緒したいですわね」

「はい、お母様！」

今日の礼にそれも悪くないな。ポータルの出入り口は暫くあの場所にしておけばいい。必要な時に開けばいいからな。

そんな中、ロザミアは既に一杯平らげて、おかわりをねだる。

俺はフレアの代わりに器を受け取ると、新しいご飯をよそってやった。

「ありがとう！　主殿‼」

はは、可愛いもんだ。

俺はふと思いついてロザミアに言う。

「そうだ、ロザミア。もっと美味い食べ方があるぞ」

「もっと美味しい食べ方⁉　主殿、何なのだそれは！！？」

ロザミアがこちらに身を乗り出す。

俺は肩をすくめると笑いながら答えた。

「ちょっと行儀(ぎょうぎ)は悪いかもしれないが、こうやって食べると最高だぜ」

俺はそう言うと、先程炭火で焼き上げた立派な鱒の熱々の身を箸でほぐして、炊き込みご飯の上に載(の)せた。

そして、少しだけ醤油をその身にかけると、森で採ってきた山檸檬を切ってしぼり、何滴か鱒の身に垂らした。

その後、器をロザミアに渡す。

「上に載った鱒の身と一緒に食べてみろよ。美味いぞ‼」

「うむ‼」

ロザミアは頷くと、醤油とレモン汁がかかった鱒の身と炊き込みご飯を、箸で口に運んだ。

そして、蕩けるような顔になると幸せそうに笑みを浮かべる。

「ふぁああ！　美味しいのだ！　熱々の米と鱒の身が一緒になって、これなら幾らでも食べられる‼」

先程よりも大きく翼を震わせてご飯を頬張るロザミアを見て、他の皆もおねだりをする。

「「私も！！！」」

俺に向けて一斉に差し出される器に思わず肩をすくめた。

「ふぅ、やれやれだな」

順番に鱒をほぐして載せてやる。

リーアとミーアは尻尾を左右に振りながら美味しそうに食べている。

レナとキールもニコニコ顔だ。

オリビアたちも頬を赤く上気させて言った。

「鱒にかかったこのお醤油とほんのりとした山檸檬の味が、お米に合って。これはくせになるわね！」

「だろ？」

伯爵夫人とエレナも舌鼓を打つ。

「私たちの商会のお店でも出したいですわね！」

「ええ、お母様！」

もしかすると例のアイスクリームのように、いずれ商会の店に並ぶかもしれないな。

ロザミアが幸せそうな顔で、俺に空になった器を差し出した。

「主殿！　おかわり！」

「はは。まったく、よく食べるなロザミアは」

「うむ！」

そんな中、今度はアスカが、俺が捌いた鰻の調理を始めた。

炭火で丁寧に焼きながら、丁寧にタレを塗ってはまた焼いていく。

パリパリと焼けた皮と、タレの匂いが部屋の中に漂っていった。

「皆さん、もうすぐこちらも出来ますから、それまではお腹一杯にならないようにしてください ね」

もう三杯目に入っているロザミアが、くんくんと匂いを嗅ぎながら答えた。

「大丈夫だ！　これなら、幾らでも食べられる！」

ははは、確かにロザミアなら釜ごと全部食べちまいそうだからな。

レイアが、手際のいいアスカの様子を見て感心しながら言った。

「上手いものだな。それにこの香り、一体どんな料理なのだ？」

「はい、鰻のヤマト焼きです。炭火でパリッと焼いて、特別なタレで甘辛く焼くんですよ。それぞれの土地によって味付けが少しずつ違って。私が作るのは古くからご先祖様に伝わっている味なんです。昔はお祭りの日に皆で一緒に食べていたみたいで」

ティアナも感心したようにアスカに言った。

「土地によって味が違うんですね。ん～、とってもいい匂い！」

「はい！　私も大好きなんです。でもこちらではあまり鰻を売ってないですから。だから、レオンさんが捕まえてきたのを見て、皆さんに食べて欲しくて」

アスカは、笑顔でそう話しながら鰻を焼き上げる。

そして、炭火で見事に焼き上げたそれに薬味を載せ、食べやすいサイズに切り分けると、皿に盛って俺たちの前に出す。

「さあ！　どうぞ皆さん、召し上がってください。これだけ立派な尾紅鰻なんて滅多に食べられませんから」

アスカの言葉通り、たっぷり脂が乗っていて美味しそうだ。

そのくせ、皮はパリッと丁度良い具合に焦げ目がついて、焼き上がっている。

ミネルバが少し顔を引きつらせてそれを眺めていた。

「わ、私は遠慮しておくよ」

どうやらすっかり鰻がトラウマになっているようである。

俺は苦笑しつつミネルバに言う。

「まあそう言わずに食べてみろよ。せっかくアスカが作ってくれたんだ」

ミネルバは渋々、切り分けられた鰻の一番小さな部分を選ぶと、ご飯の上に載せて遠慮がちに一口食べる。そして、大きく目を見開いた。

「こ、これは！」

「どうですか？　ミネルバ様」

アスカの問いに、ミネルバはその唇からふうと息を吐いて、うっとりとした表情で答える。

「これは何と言ったらいいいんだ。白身があっさりしているかと思えば、とろけるような柔らかさで、それがこのタレによく合って……」

オリビアとレイアも、慌てて自分の分を皿から取ると一口食べた。

「なんなのこれ！　美味しい!!」

「ええ、姫様！　さっきの鱒も抜群に美味しかったですが、こちらはそれよりも上をいく美味さです！」

ティアナと子供たちも、それを口にして頬を緩ませた。

「美味しいわ！」

「「美味しいのです‼」」

ロザミアはといえば、言葉を発する余裕すらないぐらいに一気に食べたのか、大きく頬を膨らませている。余程美味しかったのだろう。

「あるじどほ‼　おひじいのだ！！！」

落ち着け、何言ってるのか分からないぞ。

そんなロザミアを横目で見ながら、俺もアスカが作ってくれた鰻のヤマト焼きを口にした。

「こいつは……」

思わず絶句する。

確かに美味い。尾紅鰻の柔らかい身に、アスカ特製のタレがよく合っている。

だが、それだけじゃない。

この味は……

俺には覚えがあった。

ずっと昔に、ある村で食べたことがある味だ。

一口齧（かじ）ったシルフィも同じことを感じたのか、フレアの方を眺める。

フレアは、それを口にした後、ひどく驚いた様子でアスカを見つめる。

「アスカ……貴方、この味を一体どこで？」

フレアの問いに、アスカは少し照れ臭そうに話し始める。

「ずっとずっと前、気が遠くなるほどの昔に、私たちの先祖が住んでいた村に伝わっていた味付けだそうです。私も母からこれを教わりました」

ミネルバが納得したように頷く。

「なるほど、先祖伝来の味ってわけかい。美味しいはずだね」

「はい。その村には土地神様がいて、夏のお祭りになるといつも山の社にこの料理を届けていたそうです。社には小さな土地神様もいて、二人で社の軒に座って、本当に美味しそうにそれを食べていたって」

アスカは目を細めて続けた。

「お母さんから小さな頃に何度も何度も聞かされた昔話です。土地神様と小さな土地神様は命を懸けて村を守ってくれたって。だから、どこへ行っても、たとえどれだけ時が経っても、決して土地神様への感謝は忘れちゃいけないって」

そう言うとアスカはフレアを見つめる。

「土地神様の名前はほむら、そして小さな土地神様の名前はフレア。遥か昔に土地神様はいなくなって、村の人たちも散り散りになってしまって。でも、いつか帰ってきたら大好きだったこの料理をまた食べてもらうんだって、代々子から孫へと語り伝えてきた味なんだそうです」

レイアがそれを聞いて息を呑む。

「ほむら？　まさか……」

ティアナとロザミアも箸を置くと、アスカを見つめている。

それには気が付かずにアスカは言った。

「おかしいですよね、私。フレアさんの話を奥様やお嬢様から聞いた時にもしかしたらって。そんなことあるはずないのに。ずっとずっと昔の、もう何千年も前の話なんですもの」

「アスカ……」

俺は思わず口ごもる。

アスカは嬉しそうに俺たちを見た。

「でも、良かった。フレアさんに食べてもらえて。その鰻を見て、私、土地神様にお出しするつもりで作ったんです。沢山沢山感謝を込めて」

そして満足そうに言った。

「私、もう行きますね、仕事の合間に抜け出してきたので」

彼女はそう言うと、俺たちや伯爵夫人にお辞儀をする。

そして、部屋を出る前にこちらを振り返って言った。

「フレアさん、それにレオンさんたちも。良かったら私たちの工房に遊びに来てくださ
い！　東方の話が出来るのを皆楽しみにしていますから」

「ええ、アスカ！　行くわ！　きっと行くから」

フレアがそう答えると、アスカは嬉しそうに笑ってその場をあとにした。

それを見送った後、フレアはアスカが作った料理をゆっくりと味わっていた。

あれから二千年。この時代にやってきて何もかもが変わっていた。

もうあの山間（やまあい）の小さな村もありはしないだろう。

そして、フレアが暮らしていた社も。

でも変わらないものもある。

フレアは俺に言った。

「ねえ、レオン。あの時、私が命を懸けて戦ったことは無駄じゃなかったのね。ほむらが
ずっとあの村を守ってきたことも」

「ああ、そうだな」

あの時守った命が、こうして今の時代に引き継（つ）がれている。

俺はフレアに尋ねた。

「いいのか？　アスカに本当のことを話さなくても」

「うん、いいの。十分だから。遥かな時を超えた今でも、アスカたちが私やほむらのこと

を忘れずにいてくれた、ただそれだけで十分だから」

フレアは満足そうに微笑んだ。

そして、静かに涙を流す。

その時、俺にはまるでフレアの傍にほむらが座って、一緒にアスカが作った料理を食べているかのように見えた。

遥か昔、小さな村の夏祭りの夜、山の社で二人がきっとそうしていたように。

フレアはこちらを向いて笑う。

「美味しいね、レオン」

「ああ、美味い。最高にな」

俺は晴れ晴れとした気持ちでフレアにそう答えた。

◇◆◇◆◇

丁度その頃、都の冒険者ギルドでは一人の男が断罪(だんざい)されていた。

「アーロン・ギルファーラス。貴方からSSランクの称号を剥奪し、アルファリシア冒険者ギルドより追放します」

そう口にしたのは、ギルドの職員の一人であるアイナだ。

ニーナは、銀竜騎士団のレイアからの報告書を、先輩職員であるアイナに手渡した。

アイナはそれを読み上げる。

「これは銀竜騎士団の副長をされておられるレイア様からの命令書です。貴方を冒険者ギルドより追放し、都からも追放するようにと書かれています。ご不満ならどうぞご確認を。退去の期限は一両日中、早く荷物をまとめられることをお勧めします」

それを聞いてアーロンの目が血走っていく。

そして唸るような声で言った。

「ふざけるな……この俺を誰だと思っている」

アーロンを取り巻く冒険者たちの目も一様に冷たい。

それが傲慢な男の怒りにさらに火をつけたのか、彼は烈火のごとく叫びを上げる。

「俺はSSランクのアーロン様だぞ！　貴様らのような小物とは違うんだ！　この俺を追放だと？　ふざけやがって‼」

アイナは冷たい眼差しでアーロンを見つめる。

「その貴方の態度が、多くの仲間たちを危険に晒した。ジェフリーギルド長が留守の今、騎士団に相談してから動くように、私もニーナも進言したはずです。その全てを無視して仲間たちまで巻き込んで、手柄を欲しがった結果がこれです。レオンさんたちがいなければ今、貴方も仲間たちもここにはいないわ！」

アイナの毅然とした言葉にニーナも頷いた。

目の前の男の高慢さが、多くの人間の命を危険に晒したと。

だが、レオンという名が、さらなる怒りを呼んだのか、アーロンはアイナの腕を捩じり上げる。

「レオンだと？　黙れ……あんな奴がいなくても俺一人で倒せたんだ！　この俺があいつより劣っているとでも言うのか！　認めねえ、そんなことは認めねえぞ‼　もう一度言ってみろ！！！」

「うぁああ‼」

思わず悲鳴を上げるアイナに、ギルドホールは騒然となる。

ニーナは思わず叫んだ。

「アイナ先輩‼」

アーロンはさらに力を込める。

苦痛に歪むアイナの顔を見てサディスティックに笑うアーロンの声が、ホールに響いた。

その時――

まるで風のように何かがアーロンの傍に現れ、彼の体を吹っ飛ばす。

「ぐはぁああ‼」

地面を転がっていくアーロンの姿にアイナは呆然としながら、自分の前に現れた背が高く筋骨隆々の男を見つめた。

「ギルド長‼」

そこに立っていたのは、ＳＳＳランクの冒険者でありギルドの長でもあるジェフリーである。

アーロンを吹き飛ばしたのはその拳の一撃だ。

いつの間にかギルドの扉は開かれており、そこから一瞬にしてアイナたちの傍に踏み込んできたのだと、彼女はようやく理解した。

ニーナもジェフリーを見て安心したように声を上げる。

「ジェフリーギルド長、お帰りになられてたんですね！」

「ああ、たった今な。任務を終えてここに戻る途中、今回の一件の顚末は聞いた」

ジェフリーは、アーロンの傍まで歩を進めると、彼を見下ろして静かに口を開く。

「出て行け、アーロン。若く血気盛んなのはまだいい。だが、仲間の命をなんとも思わない奴をここに置くわけにはいかん。二度とこのギルドの敷居を跨ぐな」

ジェフリーの宣告を聞いて、アーロンはゆっくりと立ち上がる。

「ああ……こんなところ出て行ってやるよ。俺様の力があればどこでだってやっていける。覚えてやがれよ、てめえらみんな許さねえ‼」

そう吐き捨てると、アーロンは開いているギルドの扉をくぐって出て行った。

その剣幕と腕の痛みにまだ青ざめているアイナに、ジェフリーは言った。

「すまなかったな、アイナ」

「いいえ、ギルド長のせいじゃありませんから」

そして、少し不安げな顔をしてアーロンが出て行った扉を見つめた。

「でも、あの調子じゃきっと何も分かってないわね。レオン君に何かしなければいいけれど」

それを聞いてジェフリーは肩をすくめる。

「安心しろ。あいつが何をやったところでジーク様に通用などはせん」

それを聞いてアイナは不思議そうに首を傾げた。

「ジーク様？　私はレオン君の心配をしてるんですけど」

「は、はは。そうだったな」

レオンが獅子王ジークであることを知っているのは、冒険者ギルドではジェフリーだけだ。

ニーナは安堵からようやく笑みを浮かべて言った。

「変なギルド長」

「すまんな。ニーナにも迷惑をかけた。いずれにしても、銀竜騎士団が正式に通達を出した以上、冒険者ギルド以外だとしても奴を雇うところはもうあるまい。馬鹿なことをしたものだ」

「ええ」

ようやく、ギルドホールにいつも通りの平穏が訪れる。

ニーナはもう一度アーロンが去っていった扉に目を向ける。

そして、一抹の不安を感じた。

（ギルド長はあんな風に仰ったけど、さっきのアーロンの目つきは普通じゃなかったわ。何か悪いことが起きなければいいけれど）

ニーナはその不安を吹き払うように首を横に振ると、いつもの仕事に戻っていった。


一方で、冒険者ギルドを出たアーロンは、目を血走らせたまま近くの酒場に入っていく。

カウンター席に腰を下ろすと、吐き捨てるように強い酒を頼み、それを飲み干す。

「ふざけやがって、どいつもこいつもレオン、レオン、レオン！　許さねえぞ！　Bランクの分際でこの俺に‼」

レオンに対する嫉妬と憎しみに猛りながら酒を呷っているアーロンは気が付いていないが、レオンという名を出した瞬間、酒場の隅にいる黒ずくめの男たちがカウンターに座る彼に視線をやった。

そして、まるでアーロンを監視するかのように、お互いに目配せをする。

その風貌からアルファリシアの人間ではないことが分かる。

慰霊祭のためにこの地を訪れた者たちだろう。

アーロンは酒を飲み続けると、怒りに任せて声を荒らげた。

「あの野郎！　何が冒険者だ、化け物使いの分際でこの俺に恥をかかせやがって！　あの人狼の群れだってきっと奴が操ってやがったんだ！　あんな野郎が英雄面しやがって、ふざけるんじゃねえよ‼」

そんなアーロンの傍に、先程の黒ずくめの男の一人が座った。

「あんた、だいぶ荒れてるね。化け物使いってのはレオンとかいう男の話かい？」

「うるせえな！　てめえに何の関係がある⁉」

アーロンは男の胸倉を掴んだ。

男はアーロンの腕を掴み返すと口を開く。

「話してみな。レオンという男が、気に入らないんだろう？　内容次第じゃ、あんたにもいい話になるだろうぜ」

「なんだと？」

残りの二人の男も、アーロンの両隣を挟んで座ると口を開いた。

「お前は知らないだろうが、あの男は王太子より特級名誉騎士の称号を授けられている。慰霊祭の前には、正式にその肩書を得るために国王との謁見も控えている身だ。それが化け物使いだなどとは、聞き捨てならぬのでな。ましてや、人狼の群れまで操っていたとなれば、許されることではない」

「特級名誉騎士？　レオンが国王に謁見だと⁉」

アーロンは酒を飲むのをやめて、グラスをテーブルに置く。

（許さねえ、そんなことこの俺が許さねえ！）

それを見て、男は続けた。

「俺たちの主がレオンという男のことを探っている。奴に一泡（ひとあわ）吹かせたいなら俺たちについてくるんだな」

血走った目で訝しげに睨むアーロンに、黒ずくめの男は不気味な笑みを浮かべた。

## 5　謁見

「ほら、朝よ！　みんな起きなさい！」

アスカのお蔭で東方の料理をたっぷりと堪能（たんのう）した翌日、俺はフレアの声で目を覚ました。

すっかり気に入ったのか、昨日のままの姿でフレアが子供たちを起こして回っている。

王宮にある銀竜騎士団の宿舎の寝室は広い。

この部屋は、元々オリビアやミネルバに会いに来た来客を泊める部屋だからな。浴室までだだっ広く、すっかり温泉狙いのオリビアたちの執務室兼、溜まり場になってはいるが。

リーアとミーアは、いつの間にか俺のベッドの中に入り込んで、すやすやと眠っている。

キールとレナは、それぞれのベッドで大きく伸びをして、窓から差し込む朝日を見つめた。

「ふぁ！　もう朝か」

「昨日、山の中でいっぱい遊んだもの。よく寝れたわ」

リーアとミーアもフレアに起こされて、まだ眠そうに目をとろんとさせながら朝の挨拶をする。

「「ふみゅ、おはようなのです！」」

そう言いながらもまだ布団の上に丸まっている姿は、可愛いものだ。

妖精姿のシルフィがリーアの頭の上にとまる。

「ほら、朝よ」

「みゅう、シルフィお姉ちゃんもおはようなのです」

俺は笑いながら辺りを見る。

ティアナとロザミアのベッドの布団は、もうきちんと畳まれている。

「二人とも早いな」

フレアが頷いた。

「ティアナは朝食の準備をしてるわ。ロザミアもその手伝いね」

「へえ、ロザミアが。珍しいな！」

俺の言葉にフレアが笑う。

「もっぱら味見専門だけどね」

「なるほどな」

それなら話は分かる。

俺は元気そうなフレアを眺めながら尋ねた。

「もうすっかり元気になったみたいだな、フレア」

「ええ！　神通力も回復したし、みんなやアスカのお蔭ね！　ありがとう、レオン」

今までになく、フレアの力が増しているのが分かる。

ほむらの力を使うことが出来るようになったのも理由だろうが、アスカたちの想(おも)いが込められた料理が、フレアをさらに強い力に目覚めさせたのかもしれないな。

少し真顔になってフレアが俺を見つめる。

「ねえ、レオン。また獅子王の力を使わなくてはいけなくなった時は、躊躇わずに使って頂戴。私、自信があるの。今なら貴方やシルフィと一緒に呪いを抑え込むことが出来るって」

「ああ、確かにそうかもしれないな。だが、使えるとしても限られた時間だけだ。それ以上は、危険すぎる賭けだからな」

「そうね、分かってるわ」

フレアは頷くと、チビ助たちを見つめながら俺に言った。

「守りたいの、私の新しい家族を。それにアスカたちのことも。ほむらもきっと喜んでくれるわ」

「ああ、そうだな」

フレアの力が増したように感じるのは、この決意が生まれたからかもしれない。

俺は笑みを浮かべると、フレアとシルフィに言う。

「いざという時は頼んだぞ、相棒！」

二人は顔を見合わせると大きく頷いた。

「『任せといて！　レオン！』」

頼もしい相棒たちだ。

チビ助たちを連れて寝室を出ると、ティアナとロザミアが朝食の用意をしてくれているのだろう、いい香りが辺りに漂っている。

「おはよう！　ティアナ、ロザミア」

声をかけると、二人はキッチンからリビングへ顔を出して笑顔で答える。

「おはようございます、レオンさん、みんな！」

「朝食の準備は出来てるぞ！」

「ありがとな、二人とも！」

俺はチビ助たちを連れて、浴室に手を洗いに行く。

すると、まるで主のように浴室に居座（いすわ）っている水の精霊がぷよんと揺れて、小さな塊（かたまり）を幾つか作ると、こちらにやってきた。

チビ助たちはそれを見て目を輝かせる。

「はう！　ぷにょちゃんです！」

「おはようなのです！」

キールやレナもその塊の一つを抱きかかえた。

「へへ、可愛いよな。それに、前みたいに冷たい水で手を洗わなくてもいいし」

「まったくキールってば、ほんと不精（ぶしょう）なんだから」

少し背伸びをして難（むずか）しい言葉を使いたがるのはレナらしい。

以前は手洗いには、教会にある井戸の水をティアナが浄化して使ってたからな。

子供たちにとっては冷たかったに違いない。

ここ数日で水の精霊もすっかりと子供たちに慣れたのか、朝ここに来ると、それぞれのために小さく分かれて傍に寄るようになった。

手はもう洗い終えたが、大事そうに小さな水の精霊を抱きかかえているリーアとミーア。どうやら食卓まで一緒に行きたい様子だ。

「可愛いのです！」

「ぷにょちゃんも一緒に行くです」

そう言われて嬉しそうにぷるんと震えるところを見ると、やはり懐いているようだ。

双子がちょこちょこと歩くと、他にも幾つか小さなスライムのような塊がぷるぷると震えながら、あとをついていく。

精霊に好かれている証拠だ。二人とも将来は優秀な精霊使いになるかもしれないな。

浴室を出て、リビングを通り食卓に向かうと、そこには豪勢な朝ご飯が並んでいた。

俺はティアナに感謝しつつ尋ねる。

「はは、やけに豪華な朝飯だな、ティアナ。こりゃ、朝から大変だっただろう？」

俺の問いにティアナは嬉しそうに微笑む。

「ええ！　今日はレオンさんの特別な日ですから。ロザミアさんと朝市で食材を選んできたんです」

「特別な日……か？」

思わず首を傾げると、ロザミアが少し呆れたように俺に答える。

「主殿は忘れたのか？　今日はアルファリシア国王との謁見の日なのだぞ。主殿が正式にこの国の特級名誉騎士の栄誉を得るのだ！」

ああ、そういえばそうだったな。

女王の一件があってすっかり忘れてた。

例の舞踏会の後、王太子のクラウスとの会談で特級名誉騎士の称号を授かりはしたが、正式な称号の授与は国王からだと聞いている。

オリビアも最初は、自分の護衛騎士として秘密裏に俺と国王を会わせるつもりだったらしいが、クラウスから称号を得た以上、正式に国王との謁見の場を設ける必要があるということになったんだっけか。

何しろ慰霊祭を控えて国王も忙しい。スケジュールの調整をしてようやく今日が謁見の日になると言っていたな。

まあ、俺が特級名誉騎士であることを知っている者は限られているから、特に気にもしていなかったのだが。

慰霊祭で国王を守るという仕事自体は何も変わらないからな。

「ああ、忘れてた。色々あったからな」

俺の答えを聞いて、ティアナとロザミアは呆れたように笑う。

「レオンさんらしいわ」

「うむ！」

俺は肩をすくめると、チビ助たちと一緒に食卓を囲む。

「それより今は朝飯だ！　せっかく作ってくれた朝食が冷めちまうからな」

「はい！」

「賛成なのだ！」

そう言いながらロザミアは、ほかほかと湯気が立っている釜を厨房から持ってくると、テーブルの上の木製の丸い鍋敷きの上に置く。

彼女が釜の蓋を開けると、炊き立てのご飯のいい香りが一気に食卓へと広がっていった。

「ん～いい香りだ！」

満足げなロザミアの顔。すっかり米の味の虜のようである。

ティアナがこれからもフレアのために時々東方の料理を作りたいと言ったので、ジェファーレント家から帰る前に、伯爵夫人とエレナから東方の調理器具や米を分けてもらったんだ。

釜に入ったご飯は、しっかり粒が立っており、最高の炊き具合であることが分かる。

それを見てフレアが胸を張る。

「私も手伝ったのよ。火力の調整なら任せて頂戴！」

ティアナも頷く。

「ええ、フレアさんのお蔭で美味しく炊けたと思います！」

「はは、そりゃ楽しみだな」

勉強熱心なティアナと、フレアの合作だ。美味くないわけがない。

ロザミアがそれをみんなによそってくれる。

「ありがとな、ロザミア」

「うむ！　さあ、みんなで朝食を食べよう」

エプロン姿でニッコリと笑うロザミアは、まさに天使である。

食卓に並ぶのは肉料理のようだが、かかっているのはいつものティアナが作るソースとは少し違うようだ。

肉厚（にくあつ）のステーキ肉を程良く切り分けて、その上からはさらりとした感じの茶色のソースがかけられている。

それが熱々の肉汁と混ざって、いい香りを漂わせていた。

「「いただきます‼」」

皆でそう声を合わせて俺は一口それを食べる。

そして、思わず目を見開いた。

「こいつは、美味いな！」

ロザミアは大きく頷く。

「そうだろう！　私もいっぱい味見をして手伝ったのだ」

「はは、なるほどな」

食事の前からロザミアの口の端に少しソースがついていたのはそのせいか。

ティアナが少し恥ずかしげに俺たちに言う。

「いつもと違って、お醤油をベースにして、あちらの調味料を使ってヤマト風のソースを作ってみたんです。その方がお米に合うと思って」

「ヤマト風のソースか、そいつは考えたな」

流石ティアナだ。

言葉通り、見事にヤマト風の味付けを生かしている。

ロザミアがご飯と一緒に肉を頬張りながら言った。

「お米と一緒に食べると、一段と美味しいのだ！」

言われたように、食べてみると確かに美味い。

肉はもちろんだが、醤油ベースのソースと肉汁が一体となって、米の飯とよく合っている。

チビ助たちも美味しそうに食べている。

「美味しいのです！」

「リーアお米大好きなのです！」

「へへ、ほんとだよな。パンもいいけどこれも美味いよな」

「このスープも、お米にとっても合うわ！」

子供たちもすっかり米の飯が気に入ったようだ。

レナが言うように、サラダと一緒につけ合わせてあるスープも美味い。

澄んだ色のそれは、こちらの味と東方の味をうまく調和させている。

ご飯と一緒に食べると、堪(たま)らない美味さだ。

「いつもありがとな、ティアナ。凄く美味いぜ！」

「ふふ、どういたしまして。それから、こちらも試してみてください」

ティアナはそう言うと、何かをすりおろしたようなペースト状の緑色の薬味が入った器を、俺に差し出した。

「こりゃなんだ？　ティアナ」

「はい、ワサビという薬味だそうです。フレアさんが昨日の山菜採りの時に清流で見つけたもので、少しつけて食べると、料理によっては一層味が引き立って美味しいんですよ。私も試してみましたから」

フレアが腰に手を当てて言う。

「まあ、大人の味ってやつね」

「はは、そうか試してみるか」

俺は頷くと、ワサビを少し取って肉の上に載せた。

　そして、熱々のご飯と一緒にそれを食べる。

　一瞬ツンとした味が口の中に広がったが、それが心地よく鼻に抜けて、料理の味と一体になっていく。

「確かに！　こりゃ美味い！」

　ロザミアも大きく頷いた。

「だろう⁉　私もそれで米三杯は食べられるのだ！　ティアナ、おかわり‼」

「ふふ、はいロザミアさん！」

　三杯どころか釜ごと全部食べちまいそうな勢いだな。

　シルフィも少し口にして舌鼓を打った。

「へえ！　美味しいわね。確かに大人の味かもね」

　そんな中、レナがそっとワサビの器に箸を伸ばすと、自分の肉の上にも載せてぱくりと食べる。

　背伸びをしたいのか、その量は少し多めだ。

「美味しいわ！　レナも大人だもの、大人の味が分かるんだから……んむぅ！！！」

　次の瞬間、レナが目を白黒させる。

　そして慌てて水を飲んだ。

　ティアナが苦笑しながら言った。

「もう、レナったらつけすぎよ。少しって言ったでしょう？」

「らってぇ！　辛いよぉ、ティアナお姉ちゃん！」

キールが笑いながら言う。

「まったく。レナ、お前はすぐ大人ぶるからな」

「うっさいわね馬鹿キール！　私はもう大人なんだから、そうでしょレオン？」

咳き込みながら鼻の頭を少し赤くしているレナの額を、ちょんとつついて俺は答えた。

「はは、そうだな。舞踏会では立派なお姫様ぶりだったからな」

「えっへん！　やっぱりレオンは分かってるんだから」

リーアとミーアも胸を張る。

「リーアも大人なのです！」

「ミーアもです！」

二人の椅子の周りを、水の精霊たちがぴょんぴょんと跳ね回る。

朝から騒々しくはあるが楽しい朝食だ。

新しい家族か、フレアが守りたくなるのもよく分かる。俺も同じ気持ちだからな。

そんなことを考えていると、玄関の呼び鈴が鳴った。

俺たちが出迎えに行くと、そこにはサリアと一緒にオリビアやミネルバとレイア、そして翼人の王子であるアルフレッドが立っていた。

ロザミアがアルフレッドに声をかける。

「アルフレッド殿下！」

「ロザミア。はは、相変わらずだな、口元にソースが付いてるぞ？」

「むぅ！　今丁度、朝ご飯を食べていたのだ」

ロザミアは慌てて口元を拭く。

同じ白い翼を持つ白翼人ということもあり、まるで兄妹のような雰囲気だ。一時は色々あったが、これが二人の本来の関係性なのだろう。

俺はオリビアたちに朝の挨拶をした後、アルフレッドに尋ねた。

「よう、アルフレッド。お前までどうした？　色々と忙しいだろうに」

アルフレッドは翼人の国であるアルテファリアの第三王子で、慰霊祭に訪れた自国の使節団を率いている。

これを機に、アルファリシアで人脈を広げるべく、会合も多いはずだ。昨日も、俺が魔物討伐からここに戻ってきた時にいなかったところを見ると、誰かに会っていたのだろう。

俺の言葉にアルフレッドは笑いながら答えた。

「相変わらずだな、レオン。今日はお前がこの国の王から特級名誉騎士の栄誉を受ける日だ。それに、同行しようと思ってな」

オリビアが頷くと続ける。

「アルフレッド殿下には立会人として同席してもらうつもりです。ミネルバやレイアと一緒に、貴方がこの国の特級名誉騎士に相応しいとお父様に進言してもらう予定よ。クラウスお兄様からはセーラを立てるとのことです」

ミネルバが肩をすくめながら俺に言う。

「あの舞踏会で坊やは目立ちすぎたからね。中には坊やの足を引っ張りたい奴もいるのさ。私たちはもちろんだけど、武名に名高いアルフレッド王子が口添え（くちぞえ）してくれれば心強いからね」

なるほどな。

確かに、俺が国王に謁見するのが気に入らない奴らもいるだろう。

この国の三大将軍の一人である鷲獅子（グリフォン）騎士団のレオナールはもちろんだが、舞踏会でレオナールと同行していたフェントワーズのロイファデル公爵（こうしゃく）、あの男もその筆頭だろう。

「悪いな、アルフレッド。面倒をかける」

俺の言葉にアルフレッドは笑みを浮かべる。

「気にするな。お前は俺が認めた最高の武人（ぶじん）だ。この国が認めぬと言うのなら、ロザミアや皆と一緒に俺の国に来ればいい」

「はは、光栄だな」

ロザミアは翼を羽ばたかせて頷いた。

「うむ！　ぜひ一度主殿には、アルテファリアに来て欲しい。あそこには天空に浮かぶ島もあるのだぞ」

「天空の島か、チビ助たちが喜びそうだな」

リーアとミーアが目を輝かせる。

「「お空の島、見てみたいのです！」」

ロザミアの故郷を訪ねるのも悪くない旅だ。

そんな俺たちに、オリビアは慌てたように言った。

「ちょっと！　レオン、冗談はやめて。安心なさい、私が絶対にお父様に認めさせてみせるから」

「分かってるって。それに、俺がいないと気軽に温泉にも入れないもんな」

俺の冗談にオリビアはこほんと咳払いをする。

「ま、まあ、それはともかく、お父様にも謁見の後にゆっくりと温泉に浸かってもらいたいわ。このところ、多くの国々の使節団との会談が続いていたもの。大事な慰霊祭の前にゆっくりと体を休めてもらいたくて」

「そういえば、オリビアとはそんな約束をしてたな」

俺はオリビアとの約束を思い出した。

「ええ！　お父様には貴方のことは伝えてあるわ」

レナは俺が国王に会うと聞いて、遠慮がちに願い出る。

「ねえ、レオン！　私も行っていい？」

俺はオリビアに尋ねる。

「なあ、構わないか？　王太子のクラウスはチビ助たちのことも知っているし、俺にとっては家族だからな。出来るなら一緒に連れて行きたい」

その言葉にオリビアは肩をすくめる。

「もうその旨、お兄様を通じて手配はしています。貴方を他の国に取られたくないもの」

そう言って、ジト目でアルフレッドを牽制する。

翼人の王子は大きな声で笑った。

「ははは！　だ、そうだ！　こいつは手強い。お前は金では動かないからな」

俺はレナの鼻の頭をつついて言った。

「いいってさ。またおめかしが出来るな、レナ！」

「うん！　ありがとうレオン！」

キールやミーアたちも嬉しそうにはしゃいだ。

「すげえや！　王様に会えるなんてさ」

「王様なのです！」

「リーアも会いたいのです！」

あの舞踏会が余程楽しかったのだろう、嬉しそうなチビ助たち。

ティアナが俺を見つめて少し涙ぐんでいる。

「ありがとうございます、レオンさん」

「はは、心配いらないさ。王太子のクラウスがもう手配をしてくれているんだ、それなら何の問題もないからな」

そもそも、俺たちの身分についてはあの舞踏会で知れ渡っているからな。

それで駄目（だめ）になるのなら、最初から謁見の話になどなるはずもない。

ティアナは首を横に振った。

「いいえ、国王陛下（へいか）に会えることじゃありません。レオンさんが私たちのことを家族だって……それが嬉しくて」

ティアナらしいな。

フレアが胸を張って言う。

「安心しなさい、私の家族に文句があるなら王様だってぶっ飛ばしてあげるんだから！」

「おいおい。フレア、お手柔らかに頼むぞ」

そんなことになったら大事だ。

オリビアはくすくすと笑いながら言った。

「大丈夫よ。前にも話したように、レオンが特級名誉騎士になることはお兄様や私が了承（りょうしょう）

して、お父様にも話をしていますから。今回の謁見はあくまでも儀礼的なものです。お父様もレオンには会いたがっているわ。ティアナや子供たちも舞踏会を盛り上げてくれたもの、お兄様からその話を聞いてお父様も会いたいと仰っていたわ。正式に皆に招待状が出ています」

「へえ、国王が。それは光栄だな」

オリビアは謁見の招待状をこちらに手渡した。その中には、確かに俺やティアナたちの名前が入っている。

こいつはクラウスの粋な計らいだな。

大国アルファリシアの国王だ、どんな人物なのか会ってみるのも面白い。

俺は少し謁見が楽しみになってきた。

「立ち話もなんだ、入ってくれよ。丁度朝飯を食べてたところだ、みんなで一緒に食べないか？　サリアも良かったらさ」

「私もですか？」

「ああ、いつも皆の面倒を見てくれてるからな。感謝してるんだぜ」

いつも世話になってるのはもちろんだが、舞踏会の時も、チビ助たちのためにドレスを上品に着付けたり小物を選んだりしてくれたからな。

サリアがオリビアを見つめる。

「ええ、そうねサリア。たまにはいいじゃない」

「はい！　姫様」

見たところ、料理はたっぷりと作ってあったからな。

貰ってきた釜のサイズもでかいから、皆の分もあるだろう。

「構わないか？　ティアナ」

「ええ、もちろん！　実は張り切って沢山作りすぎちゃったんです」

そう言って舌を出すティアナに皆、顔を見合わせると笑った。

改めて皆で食卓を囲むと、ティアナが新しいメンバーのために料理を並べた。

「東方の味付けになっています、お口に合うと嬉しいんですけど」

「へえ、それは楽しみね！」

オリビアはそう言うと、ステーキを切り分けて上品に口に入れる。

そして舌鼓を打った。

「ん～美味しい！　ミネルバたちも食べてごらんなさいよ」

そう勧められて、料理を口にするミネルバとレイア。

熱々のステーキにソースを絡めて食べる。

「これは……確かに東方の味付けだね！」

「肉にもこれほど合うとは。それに、米と一緒に食べると一際美味しいですね」

レイアの言葉にミネルバは頷くと、ティアナに言った。

「ジェファーレント伯爵夫人にも教えて差し上げるといい。昨日の料理といい、この料理といい、都できっと人気になるだろう」

オリビアも同意する。

「そうね、そうしたらきっとアスカたちに与えられる土地が増えるわ。米作りをするための土地や人、そしてお金も与えられるでしょうし、きっと彼らも喜ぶわよ」

フレアが手を叩いて喜んだ。

「アスカたちが？　ねえ、ティアナそうしましょうよ！」

「はい！　フレアさん」

そう言って張り切る二人。確かに都で人気が出そうな料理だ。そうなれば、アスカたちも仕事が増えて豊かになるだろう。

ミネルバは昨日の料理を思い出した様子で言った。

「あの鰻も美味しかったね。また食べたいものだ」

「はは、じゃあまたミネルバに滝つぼに入ってもらうか？」

「ちょ！　坊や‼」

昨日のことを思い出したのか、ミネルバはぶるっと震える。

アルフレッドも感心したように言った。

「なるほどな。東方の食はこちらとは違うと聞いていたが、美味いものだな」

サリアも頬を上気させてほぅっと吐息を漏らした。

「ティアナさん、私にも教えてください。私もオリビア様に作って差し上げたいので」

「ええ、もちろんですサリアさん」

そう言いながら早速レシピを取り出して、厨房の方へと移動すると二人で何やら話をしている。熱心なものだ。

子供たちは料理を食べ終えて、ご馳走様をすると水の精霊たちと遊び始めた。

その愛らしい様子にオリビアは目を細める。

そんな中、アルフレッドはこちらを向いて真顔になると尋ねた。

「そういえば、レオン。ミネルバ将軍とレイアから聞いたぞ。昨日の魔物討伐、ただの魔物ではなかったと聞くが」

「ああ、恐らくな。例の人魔錬成を使う闇の術師、奴の手の者だと俺は考えている」

アルフレッドも、ロザミアから奴のことは聞いているはずだ。

翼人の王子は顔を顰める。

「人と魔を融合するという人魔錬成か、外道の所業だな。だが、一体そいつは何者だ？人魔錬成といえば古に闇の者により編み出され、しかしこの時代にはもはや残されてはいないと言われている禁呪。それを使いこなすとは只者ではあるまい」

「確かにな。それほどの術者がそういるとは思えないが」

俺たちの会話にレイアは頷くと、昨日の戦いを思い出したかのように呟く。

「それに、あの人狼の女王は、この地で二千年前に起きるはずだったことが起きようとしていると言っていた。それが一体何なのか……私はそれが気になっている。レオン、本当に心当たりはないのか？　二千年前のことならば、お前たちが一番詳しいはずだ」

レイアの真剣な眼差しを俺は見つめ返す。

そして口を開いた。

「あの女が言っていたことは分からないが、二千年前、この世には今では考えられないほどの強力な魔物がはびこり、混沌（こんとん）としていた。俺たち倒魔人は魔を倒すのが仕事だ。だが、中には人と共に生き、平和を愛する者たちもいた。それが、土地神と呼ばれる存在だ」

「フレアやその母親のほむらのような者たちということか」

「ああ、そうだ」

俺は当時のことを思い出しながら答える。

「俺たちが斬るのは、闇に堕（お）ちた外道どもだけだ。たとえ人であろうが魔物であろうがな。だが中には倒魔人の掟を破り、彼らを狩る者たちが現れた」

ミネルバがこちらを見つめている。

「土地神と呼ばれるほどの者たちをか？」

シルフィが俺の肩の上で、首を縦に振る。

「神狩りと呼ばれる禁忌。そんなことをすれば、却って地上は乱れ、争いの火種を作っていくのは明白だもの。彼らは教団と呼ばれる謎の組織を作り上げていたわ。フレアたちが守っていた村を襲ったのもそんな連中よ」

レイアは息を呑む。

「神狩り……」

フレアは手を握り締めながら唇を噛む。

「ほむらと私の村を襲ったのは、月光のゾルデという男だったわ。まるで自らを神の使徒のように名乗ってはいたけれど、残忍で悪魔のような男。今でもあいつのことだけは許せない‼」

ほむらが命を失うことになる原因を作った男だ。当然だろう。

アルフレッドは俺に言う。

「闇を屠り、魔を倒すと言われた者たち。倒魔人同士の戦いか。どれほどの戦いだったのか、想像もつかんな」

俺は肩をすくめると答える。

「ゾルデは俺たちの中に他に裏切者がいると言っていた。……そして、あの日。奴が言うように裏切者は現れた」

その言葉にミネルバたちは俺を見つめている。

「裏切者？」

「ああ。そいつは奴が語っていたように倒魔人、それも俺たち四英雄の一人だ」

それを聞いてオリビアは目を丸くする。

「そんな……四英雄が？　貴方たちの伝承はこの時代にはもう風化しつつはあるけれど、そのどれもが皆、英雄だと称えているわ」

「確かにな。一体何がどうなっているのか俺にも分からん。だが、奴が裏切ったのは紛れもない事実だ。そのために俺たちは死に、俺はこの時代に転生した。仲間のエルフィウスとアクアリーテの協力で最後にはあいつを仕留めたはずだが、今となっては確かめる術もない」

レイアが絶句しながら話を聞いている。

「雷神エルフィウス、そして水の女神アクアリーテ。まさに伝承の中の英雄たちだ」

俺は額に黒い宝玉をつけた闇の術師のことを思い出しながら、皆に伝える。

「ミネルバと共に戦った時に、あの術師は言っていた。俺以外にもこの時代に生きる四英雄を知っていると。エルフィウスかアクアリーテ、いや、それとも……それが一体誰のことを指しているのかは分からんがな」

ミネルバも頷く。

「ああ、坊や。私も確かに聞いた」

俺はオリビアに向き直る。

「俺はかつての仲間を探している。純粋に会いたいのは勿論だが、二千年前のことにケリをつけるためにもな。オリビア、お前はこの国の地下に俺たちを祀る神殿があると言っていたな。この国が一体、俺たち四英雄とどんな関係があるのか、俺はそれが知りたい。もしかすると、この地で起きると人狼の女王が言っていたこととも、何か繋がりがあるかもしれんからな」

王女は暫く考え込んでいた。

そして口を開く。

「あの神殿について詳しいことは、この国の王であるお父様以外には分からない。でも、私があそこを訪れた時に、その壁には古代の文字で様々なことが記されていた。レオン、貴方ならそれが分かるかもしれない。決めたわ！　謁見が終わった後、私はお父様に願い出てみます。貴方を私と共にあの場所に連れて行ってくれるようにと」

「いいのか？　王位継承権がある者しか入れない場所なんだろう」

俺の言葉にオリビアは答える。

「謁見が無事に終わったらその後、貴方が四英雄の一人、獅子王ジークであることを私からお父様に伝えてみるつもりよ。そうなれば何か変わるかもしれない」

「国王に俺のことをか？」

「ええ、やってみる価値はあるわ。あの術師のことも何か分かるかもしれないもの」

アルフレッドも重ねて言う。

「そのためにも、今は無事国王との謁見を済ますことだ」

「ああ、そうだな」

謁見など面倒だとは思ったが、そういう話なら意味はあるかもしれないな。

俺がそんなことを考えていると、フレアが言う。

「ねえ、レオン。謁見までにはまだ時間があるでしょう。ならアスカの工房に行ってみない？」

「そうだな。まだ時間も早い。オリビア、構わないか？」

アスカもせっかく誘ってくれていたからな。

フレアも彼らに会いたいのだろう。

オリビアは笑みを浮かべると、首を縦に振る。

「ええ、構わないわ。謁見は午後からよ、時間までにはまたここに戻ってきて頂戴。私も今日は少し人と会う約束もあるし。ミネルバやレイアも傍にいてくれるから」

ミネルバはそれを聞いて苦笑する。

「昨日だいぶ仕事をサボりましたからね」

レイアは、やれやれといった様子で首を横に振ると、ミネルバにも言った。

「それはミネルバ様も同じです。姫様やミネルバ様に会いたいという客は列をなしてますからね」

その言葉に、オリビアとミネルバは揃って溜め息をついた。

「お手柔らかに頼むよ、レイア」

「ええ、そうよ。どうせ、私やミネルバのご機嫌取りに来た連中ばかりだもの。歯が浮くような台詞を入れ代わり立ち代わり聞かされるのは苦痛だわ」

「善処します」

ははは、やっぱり大国の王女は大変だな。

アルフレッドも笑いながら言う。

「レオン。俺も済ませねばならん用があるのでな、また来よう。ロザミア、お前のドレス姿、楽しみにしているぞ」

妹を慈しむ兄のような眼差しでそう告げるアルフレッドに、ロザミアは嬉しそうに羽ばたいた。

「うむ！　アルフレッド殿下」

「ああ、またな！　アルフレッド」

食事を終え、俺たちは一度別れを告げると、フレアやティアナ、そしてロザミアやチビ助を連れてアスカが働く鍛冶工房に向かった。

場所は昨日、エレナに聞いていたからな。

朝早くにもかかわらず、鍛冶工房は活気に溢れている。

そんな様子を、子供たちは目を輝かせて眺める。

そして、フレアはかつて彼女が守っていた村の末裔（まつえい）たちと楽しげに笑っていた。

遥か昔の話だ。フレアが自分のことを明かすことはないだろうが、それでもあの笑顔を見ていれば、それで十分なのが分かる。

シルフィは俺の肩の上で微笑みながら呟いた。

「良かったわね、フレア。ねえ、レオン。あの笑顔が守れるといいわね」

フレアもアスカたちも本当に楽しそうだ。

もちろん、ティアナやチビ助たちも。

ロザミアも、鍛冶職人が鍛え上げた剣を見比べながら楽しんでいる。

「ああ、そうだな。そのためなら特級名誉騎士とやらも悪くはない」

俺はそんなことを話しながら、謁見までの時を過ごしていた。

レオンがアスカたちの鍛冶工房で過ごしていたその頃、王都のとある宿で、何名かの男たちが密談をしていた。

部屋に備え付けられているのは見るからに豪華な調度品で、この宿が身分の高い者のために用意されている場所だということが分かる。

豪勢な部屋の中央に立っているのは、髭を生やして肥え太った好色そうな男だ。

高価な服を身に着け、指には下品なほど大きな宝玉がついた指輪を嵌めている。

アルファリシアには遠く及ばないが、周辺諸国では大国の一つに数えられるフェントワーズの公爵、ロイファデルである。

ティアナやロザミアに強引に迫って袖にされたことを根に持って、王太子の舞踏会でレオナールと共に、冒険者であるレオンたちの身分を嘲笑い、恥をかかせようと企んだ男だ。

その企みも結局は打ち砕かれ、ロイファデルは惨めにも這いつくばって舞踏会場をあとにすることになったのだが。

屈辱の光景が頭に蘇り、ロイファデルは額に青筋を立てて怒りの声を上げた。

「おのれ……今思い出しても怒りが収まらんわ。レオン、あの小僧め！　下賤な冒険者風情が、尊いフェントワーズの公爵であるこのワシに恥をかかせおって！　このままでは済まさんぞ、絶対にな‼」

傲慢な表情で怒りに震えるロイファデルの周りには、黒ずくめの服装をした男たちがいた。

　そう、冒険者ギルド近くの酒場でレオンのことを探り、アーロンに声をかけた男たちだ。

　男たちの一人が口を開く。

「公爵閣下（かっか）。酒場で見つけた例の男は隣の部屋で待たせております。あのアーロンという男、使いようによっては役に立つかと」

　それを聞いて、ロイファデルは醜（みにく）く顔を歪めて笑った。

「確かにな。あの小僧が、アルファリシアの特級名誉騎士になるなど、ワシには到底我慢が出来ん！　アルファリシア国王との謁見という晴れの舞台で、今度こそ奴に大恥をかかせてくれるわ‼　ふは！　ふははは‼」

　同じく黒ずくめの男で、先程の者とは違う一人がロイファデルに尋ねた。

「しかし、閣下。謁見の場にはどうやってお行きになるおつもりですか？　他国の我らが立ち会えるとしたら、それなりの後ろ盾（だて）がなければ、とても。三大将軍の一人で鷲獅子（グリフォン）騎士団を束ねるレオナール様に願い出たところ、断られたとの話ではありませんか。なんでもレオナール様の主で教皇猊下（げいか）でもあられるジュリアン様が、この件にはこれ以上手を出すなと固く禁じられたとか」

　それを聞いてロイファデルは鼻で笑った。

「ふん！　レオナールめ、これまでに幾ら金を握らせたと思っているのだ。肝心な時に役に立たぬ男よ」

忌々しげにそう言いながらも、すぐにロイファデルは邪悪な笑みを浮かべた。

「だが、あのレオンという小僧が気に入らぬ人間は、他にもいるというもの。もうあのお方への繋ぎは出来ているのであろう？」

そう問われて、最初に発言した男が頷いた。

ロイファデルの配下の中でもリーダー格の男だ。

「はい、公爵閣下。直にここにおいでになるはずです」

男の言葉通り、暫くすると宿の召使いが、公爵に客が来たことを告げに部屋にやってくる。

そして召使いが部屋を出るのと入れ代わりに、一人の男がロイファデルの部屋へと入ってきた。

身分を隠すためか、顔が見えないローブを着ている。

だが、その身のこなしには隙がなく、余程の修練を重ねた者にしか出せない雰囲気を醸し出していた。

ロイファデルは男を眺めると笑みを浮かべる。

「ようこそいらしてくださいましたな。国は違えど、あの小僧が邪魔という意味では我らは同志。お力を貸していただきますぞ」

「よかろう。我がアルファリシアに穢（けが）れた者の力など不要、全ては陛下のためだ」

　ロイファデルの言葉に、男は静かに頷いた。


　同じ頃、王都にあるアルファリシア国教会の大聖堂の中では、一人の男が法衣（ほうえ）を身に纏い、金の錫杖（しゃくじょう）を手に佇（たたず）んでいた。

　国教会の教皇であり、この国の第二王子でもあるジュリアンだ。

　慰霊祭に向けて、大聖堂の中で熱心に祈るジュリアンの姿を知るシスターたちは皆、口を揃えて囁（ささや）き合う。

「ああ、ジュリアン猊下。なんて、ご熱心にお祈りになるの」

「これも、我が国のために命を落とした者たちの、魂の安寧のため」

「それに、あのお姿。なんとお美しい」

　彼女たちが慕（した）う教皇の横顔は美しい。

　信心深いシスターたちが、思わず顔を赤らめてしまうほどの美貌だ。こうして若い三人のシスターが大聖堂の扉を少しだけ開けて、中を覗き見るのも無理からぬことだった。

　大聖堂はとても広く、入り口の扉から覗き見たところで、知られるはずもない。

　彼女たちはそう思っていたが、次の瞬間、ジュリアンの瞳が静かに彼女たちを見つめた。

「――‼」

盗み見ていたことを知られたと、心臓が凍り付く思いをしたが、ジュリアンの目は弟子の過ちを優しく咎めるがごとく、微笑んでいるように見える。

　その眼差しはまさに聖人の瞳だ。

　シスターたちは慌てて扉を閉めると、聖堂から駆け足で去りながら高い声で囁き合う。

「今、ジュリアン様と目が合ったわ！」

「私もよ！　私をご覧になられていたわ！」

「違うわよ。私のことをご覧になられたの！」

　まるで町娘のようにかまびすしいシスターたち。

　敬虔なシスターたちの心すら奪ってしまう美貌の主は、閉じられた扉を見つめながら、聖堂の中央へと歩を進めた。

　大聖堂の中に立っているのはジュリアン一人だ。だがしかし、彼の傍にはいつの間にかユラユラと揺れる人影が見える。

　以前、レオナールがオリビアの部屋に押し掛けた時に、その様子を大聖堂の中から、ジュリアンが手にした金の錫杖についた宝玉で共に眺めていた、あの黒い影だ。

　走り去るシスターたちの足音を聞きながら、黒い影は笑った。

「愚かなものだ。慕っている教皇が何のために祈っているかさえも知らずにな」

「いいではありませんか。その方が彼女たちにとっては幸せというもの」

ジュリアンの答えを聞いて黒い影は頷いた。

「確かにな」

そして、改めてジュリアンに問う。

「それにしても、獅子王め。まさかクイーンを倒すとはな。今の奴では到底及ばぬと思ったが」

「ええ。ですが僅かな時ではありましたが、彼は自らの呪いを解いた。ふふ、愉快ではありませんか。やはり彼は特別です」

まるで、恋人のことを語るような口ぶりのジュリアンに、黒い影はその揺れを増した。

「何を考えている、ジュリアン。まさか、我らを裏切るつもりではあるまいな？」

「裏切る？　そんなつもりはありませんよ。私の望みを叶えるために、貴方の願いを聞いて差し上げる。それが我らの間の取り決めではありませんか？」

そう答えると、ジュリアンは悪戯っぽい眼差しで黒い影を見つめた。

「それとも、貴方自身で彼を始末しますか？　月光のゾルデ。二千年前、貴方は獅子王ジークに敗れている。ふふ、今ではその肉体すらありはしませんが」

ジュリアンの言葉に黒い影は一瞬、炎のように激しく揺らめいた。

それは激しい怒りの感情を放っている。

「黙れ小僧！　あの神殿の中で、お前に全てを教えてやったのはこの俺だ。それをよくも！」

「ええ、感謝しています。貴方は神狩りを行い、その力を得たお蔭で肉体が滅んだ後も、二千年の長きにわたって怨念としてこの世に生き永らえた。貴方からは実に沢山のことを学ばせていただきました」

ジュリアンの額が、まるで第三の目を宿したように輝きを放つ。

そこにはいつの間にか、白く輝く石が浮かびあがっていた。

それを見て驚愕したように揺らめく黒い影。

「馬鹿な！　いつの間にその力を‼　その力はあのお方の……」

「苦労しましたよ、貴方を欺くのは。お蔭で獅子王ジークとの戦いではこの力は試せなかった。ですが、ようやく完成しました。もう貴方は必要ない。退場していただきましょう」

黒い影はさらなる動揺を見せた。

「まさか！　そのためにクイーンを使ったのか？　あの男にクイーンを倒させ、その力を……」

「ええ、カラスの瞳に嵌めた宝玉で回収しました。数百年をかけ、幾千、幾万の命を奪ってきた女の力。この石を仕上げるために使うには、相応しい力でしたよ」

「馬鹿な、あの男が呪いを打ち破ると、最初から分かっていたとでも言うのか⁉」

「ふふ、どうでしょう。ですが、これから消える貴方がそれを知る必要などない」

ジュリアンはそう言うと、指先でそっと黒い影の額に触れた。

それはまるで闇を祓う聖人の姿のように見える。

黒い影はジュリアンの指に触れられた部分から、彼の指先が放つ白い光に吸い込まれていくかのように、ゆっくりと消滅を始める。

ゾルデは怨嗟の念を露わにする。

「おのれ！　ジュリアン、貴様‼」

「安心なさい、二千年の時を経て事は成就する。貴方の願いは私が代わりに叶えて差し上げましょう。ですので、安心して逝くといい」

黒い影は怒りに満ちた表情を浮かべて、断末魔の声を上げた。

「おのれ！　ジュリアン‼　おのれぇぇぇぇぇ！！！」

その叫びを聞きながら、微笑みを浮かべるジュリアン。

気が付くと、聖堂の中に佇む姿は、ジュリアンただ一人だけになっている。

額の白い輝きはいつの間にか消えて、静寂が大聖堂を包み込んだ。

ジュリアンは何事もなかったかのように、大聖堂の扉を開けると外に出た。

そこに、鷲獅子騎士団を束ねるレオナール将軍が歩み寄る。

「ジュリアン様。慰霊祭に向けての祈り、もうよろしいのですか？」

「ええ、もう済みました。それよりも、獅子王ジークが父上に謁見をするとのこと。彼の正式な特級名誉騎士への授任式も兼ねていると聞きましたが、貴方は興味がありませんか？　特級名誉騎士の授任には、王位継承権がある者も出席が必要になる。私は継承権を放棄していますが、関係者として兄上から招待状が届いているはず」

　ジュリアンの言葉を聞いて、レオナールは苦虫を噛みつぶしたような顔になる。そして、懐から王太子クラウスの署名が入った封書を取り出して、ジュリアンに手渡す。

　レオナールは、忌々しげに声を上げる。

「本当によろしいのですか？　ジュリアン様。レオン、あの男が特級名誉騎士だなどと。獅子王ジーク、そして雷神エルフィウス。これでこの国には四英雄が二人揃うことになる。奴らが手を組めば、面倒なことになるに違いありません！」

「言ったはずですよ？　レオナール。彼らが手を組むことはない。近づけば近づくほどね。そうなれば、寧ろ彼らは剣を交えることになるでしょう」

「それは一体……」

　レオナールは訝しげに主を見つめる。

（ジュリアン様はシリウス……いや、雷神エルフィウスには何か目的があると仰られていた。それは一体なんだ？）

　探るようにジュリアンを見つめるも、その横顔はいつもと何も変わらない。

ジュリアンはレオナールの問いには答えずに言った。

「それに、まだ彼が特級名誉騎士に選ばれるとは決まっていませんよ。父上がそれを認めるとは限りませんからね」

そう言って微笑むジュリアンをレオナールは眺めていた。

それから暫く経って、レオンが国王に謁見する時間が迫ってきた頃。

玉座の間の傍に作られた控えの間では、一人の女性が少しイラついたようにうろうろと歩き回っていた。

可憐にして艶やかなその美貌と、その髪から伸びている特徴的な長いウサ耳は、ラビトルアス族の特徴だ。

ルクトファイド伯爵家の令嬢で、王太子クラウスに仕える侍女にして、黄金騎士団の副長の一人。例の舞踏会での薔薇の武舞踏では、レオンと見事な戦いとダンスを見せたセーラである。

いつもは冷静な舞踏侍女と呼ばれる彼女の顔に、焦りの色が見える。

「一体どういうつもりなの？　もうすぐ謁見の時間なのよ！　それなのにまだ来ていないなんて」

対照的に、控えの間の豪華なソファーに身を任せ、ゆったりと時を過ごしているのは王太子のクラウスだ。

「そんなにイラつくなセーラ。オリビアもついているのだ、心配はあるまい」

「ですが殿下！　陛下との謁見に遅れるなどということがもしあれば、レオンが特級名誉騎士になる話はなくなります！　それどころか彼は酷い罰を受けるわ‼」

心配そうに眉を寄せて、思わず声を上げるセーラを眺めながら、クラウスは肩をすくめる。

「なるほどな。イラついているわけではなく、レオンのことが心配で仕方ないのか。男に興味などないお前にしては珍しい」

クラウスのためにその美貌で多くの男性を虜にしながらも、自らは決して心を許すことはない。

そんなセーラのことをクラウスはよく知っている。

図星(ずぼし)を指されてセーラは動揺したように言った。

「ち、違います！　誰が心配など。私はただ、このままでは彼を推薦(すいせん)されたクラウス様の名誉にも傷がつくと」

少し赤くなった頬を隠すため顔を背(そむ)けたセーラの目の前に、いつの間にか一人の男が立っていた。

「よう、セーラ！　なんだか心配かけちまったみたいで悪いな、ギリギリになっちまってさ。ちょっとみんなで寄りたいところがあったんだ」

赤くなったところを真正面から見られて、セーラの顔が益々赤くなる。

国王との謁見を控えているのに、まるで近所に出かけるように語るレオンの姿を見て、彼のためにと色々な準備を整えてきたセーラは、ピンと耳を立ててそっぽを向いた。

「心配なんてしてないわ！　もう知りません‼」

セーラに叱られて、レオンは首を傾げる。

「何を怒ってるんだ？」

それを聞いてクラウスは大きな声で笑った。

「はは！　レオン、相変わらずお前は愉快な男だ。よく来たな」

クラウスの手が差し出され、二人は握手を交わす。

一方で、レオンが開けた扉からはオリビアやミネルバ、そしてティナアたちが入ってくる。

「どうやら間に合ったようだな、オリビア」

「ごめんなさいお兄様。レオンったら、大事な謁見の前に中々帰ってこないのだもの」

ミネルバとレイアは苦笑しながら頷いた。

「坊やらしい」

「ですね」

ティアナは、クラウスを見て深々と頭を下げた。

「あの、王太子殿下。私や子供たちまでお招きいただきまして感謝します」

「ああ、よく来たなティアナ。特級名誉騎士となる者は、その人となりをも見られるものだ。傍にいるお前たちを招くように父上にも言われてな」

それを聞いて子供たちは緊張した面持ちになる。

レナは頭のリボンを指してレオンに言った。

「ね、ねえ。レオン、私おかしくない？　どうしよう、私のせいでレオンが王様に怒られたりしたら……」

キールも首の蝶ネクタイを触りながら、背筋を伸ばす。

「なあ、俺の格好おかしくないかな？」

リーアとミーアもちょこちょこと歩きながら、レオンのズボンを小さな手で握る。

「リーアおかしくないですか？」

「ミーアも心配なのです！」

レオンは子供たちの頭を撫でると、胸を張って答える。

「安心しろって。みんな、似合ってるぞ」

シルフィとフレアは妖精姿になって、それぞれリーアとミーアの肩の上にとまっている。

「可愛いわよ二人とも！」

「そうよ、安心なさい」

サリアも満足そうに子供たちを見つめる。

「ええ、私も腕によりをかけましたから！」

子供たちの服装の細部まで、そして小物までサリアの手が加えられている。

ちょこちょこと双子が王太子とセーラの前にやってきて、ティアナを真似てお辞儀をした。

「王太子様、こんにちはなのです！」

「セーラお姉ちゃんもこんにちはです！」

クラウスとセーラは顔を合わせて微笑んだ。

「久しぶりだな」

「こんにちは。チビちゃんたち」

少し機嫌が直ったのか、セーラは咳払いをすると、ロザミアと共に立つアルフレッドに頭を下げた。

「アルフレッド殿下、いらしてくださって感謝します」

「ああ、レオンのためだ。ロザミアのドレス姿ももう一度見ておきたかったからな」

「ふふ、どうだ！　殿下。似合っているだろう？」

ロザミアは自慢げにくるりと回ると、ドレスの裾（すそ）がそれに伴（ともな）って大きく広がる。

その姿は天使のようでもあり、無邪気な幼い少女のようでもある。

アルフレッドは肩をすくめると答える。

「まあな、ロザミィ」

「むぅ！　私はもう子供ではない。ロザミアと呼んで欲しいのだ」

ロザミアの服装もサリアの手が加わって、以前よりもさらに見栄えが良くなっていた。

もちろんティアナのドレスもだ。

清楚なティアナと天使のようなロザミア、そしてオリビアやミネルバとレイア、さらにはセーラまで一堂に会して、場は一気に華やいだ。

クラウスはオリビアに言う。

「先程、ジュリアンは先に父上に挨拶をしに玉座の間に入ったぞ。俺たちもそろそろ行くとするか」

「ジュリアンが？　珍しいわね。この手の儀式には欠席の手紙を寄こすのが常なのに」

ミネルバとレイアは顔を顰める。

「ジュリアン猊下がお見えになるのは歓迎だが、そうなるとあの男も一緒だろうね」

「ええ、ミネルバ様」

セーラは二人の言葉に眉を顰めて同意する。

「レオナール将軍もお見えになっています。舞踏会であんな真似をしておいて、全く面の皮が厚い方ですわね」

クラウスが主催した舞踏会を滅茶苦茶にしようとしたレオナールに対して、セーラは強烈な皮肉を口にする。

それも当然だろう。

そして、ティアナやロザミアに尋ねる。

「あれから、フェントワーズのロイファデル公爵とはトラブルはなかった？　好色で執念深い男だと聞いているから」

ティアナとロザミアは顔を見合わせて頷いた。

「はい、大丈夫です。セーラさん」

「アルフレッド殿下のお蔭で懲りたのだろう」

セーラは二人のそんな姿を眺めながら呟く。

「それならいいのだけれど……」

そして思った。

（あの舞踏会でレオンは、目立ちすぎるほど見事な腕前を披露した。それだけに、中にはレオンを良く思わない者たちもいたはず。それにしては怖いぐらい順調だわ。私の考えすぎかしら？）

クラウスはそんなセーラの表情に気が付いたのか、声をかける。

「そんなに心配をするな、セーラ。父上は戦があれば今でも自ら戦場に立ち、騎士王と呼ばれるお方だ。レオンとは気が合うだろう」

王太子の言葉にレイアも相槌を打った。

「はい、殿下。父ともよく酒を酌み交わしておいででしたから」

レオンは頷く。

「騎士王か。確かに俺がいた国にもそんな噂は届いていたな」

そんな中、時を告げる大聖堂の鐘が高らかに鳴り響く。

クラウスは皆に声をかけた。

「どうやら時間のようだ。さあ、父上のもとへ行くとするか」

「はい、殿下」

セーラは頷くと、控えの間を抜けて玉座を守る衛兵たちに声をかける。

彼らは皆、国王とクラウスに仕える黄金騎士団のメンバーだ。

騎士団の副長であるセーラの命を受けて、彼らは恭しく大扉を開いた。

その先にある光景に、レオンも思わず目を見開く。

「こいつは……」

長い赤絨毯が数十メートルは続き、両脇にはずらっと衛兵たちが立ち並んでいる。

巨大な大理石の柱のそこかしこには、見事としか言いようがない彫刻が刻まれている。

そして、天井と壁には、当代きっての芸術家さえ裸足で逃げ出しそうなほどの腕を持った画家によるものであろう、見事な壁画が描かれていた。

子供たちが緊張しているのを見て、声をかけるフレアやシルフィも、その光景に目を奪われている様子である。

レオンは気を取り直して前へと進んだ。

「これほどとはな。流石大陸一の大国だけはある」

暫く進むと、レオン以外の者はその場に留まるように言われ、クラウスとオリビアは緩やかな階段を上った先にある玉座の傍へと招かれる。

また、玉座の傍には、国王の護衛のために立つシリウスの姿も見える。

そこには第二王子であるジュリアンの姿もあった。

レオンは思う。

（あれがジュリアン王子か？）

まさに聖人といった雰囲気。

ジュリアンも静かにレオンを見つめ返している。

その口元には穏やかな笑みが浮かんでいた。

「ミネルバたちが言うように、とてもレオナールの主だとは思えないな」

そして、二人の王子とオリビア王女を左右に従えて中央に立つのは、背が高く威厳に溢れた男だ。

　アルファリシア国王、ゼファルディア七世である。

　騎士王の名に相応しく、その玉座の傍には立派な大剣が飾られている。

「余がアルファリシア王、ゼキレオス・ゼファルディアである」

　玉座の間にゼキレオスの声が響き渡る。歴代の王の中でもゼファルディアを名乗れるのは真に偉大な者だけだ。まさにその名が権威を現すかのように、周囲の騎士たちは一斉にその場に片膝をつき、礼を示した。

　そんな中、クラウスが父王に話しかける。

「父上。この男がレオンでございます。その腕に間違いがないことは、先日の舞踏会で多くの者が見ております。剣だけではなく、何体もの高位精霊を従える術師。その力はミネルバをはじめ、多くの武人も認めております」

　彼の言葉に、レオンの両肩に座るフレアとシルフィがえっへんと胸を張る。

　オリビアは頷くと続けた。

「レオンは私の護衛騎士。お父様、人となりは私が保証いたします。ご報告しました、人魔錬成を使う闇の術師を退けたのも彼です。そうですね？　ミネルバ」

　ミネルバは首を縦に振ると答えた。

「陛下、オリビア様の仰る通りでございます。私は奴との戦いの中でレオンに救われました。大切な慰霊祭を控える中、陛下の御身(おんみ)をお守りするのに、これほど頼りになる男を私は知りません」

王家の血を引く公爵令嬢であり、この国きっての騎士であるミネルバの言葉に、周囲はどよめく。

「聞いたか⁉」

「ああ……まさか、あの男がミネルバ様をお救いしたとでも⁉」

「三大将軍のお一人であられるミネルバ様が、あそこまで仰るとは！」

舞踏会でのセーラとの薔薇の武舞踏は騎士たちの間でも噂になってはいたが、ミネルバの発言となるとその重みは変わってくる。

セーラも少し驚いたような顔をして、ミネルバの姿を見つめた。

闇の術師の件はセーラも報告を受けてはいたが、ミネルバがレオンに救われたことはどこにも記されていなかったからだ。もちろん、それをレオンが望んだからなのだが。

（レオンがミネルバ様を？　たとえそれが事実であったとしても、このような場で彼のためにそこまで仰るとは）

銀竜騎士団を束ねる大将軍が誰かに救われたなど、あってはならぬことだ。

だが、それを恥じる様子もなくレオンを見つめながら、寧ろ誇らしげに語るミネルバの潔(いさぎよ)さと気高(けだか)さに、セーラは心を打たれると共に軽い嫉妬を感じた。

「罪な男ね、ミネルバ様にあそこまで言わせるなんて」

そう呟いて笑みを浮かべ、今度はレオナールを眺める。

最も警戒していた男だ。だが、主のジュリアンの前であることが功を奏しているのか、動く気配はない。

「これで決まりね。既にレオンのことは陛下には報告が上がっている。あくまでも儀礼的な謁見とはいえ、面倒なことにならなくて良かったわ」

セーラはそう呟く。

クラウスの命で、この謁見の準備にあたったのはセーラだ。

それだけに、安堵の息を吐いた。

国王がレオンの特級名誉騎士の称号を正式に認めるであろうとセーラが確信した、その時——

玉座の間に一人の男の声が響いた。

「お待ちくださいませ、ゼキレオス陛下。騙されてはいけませんぞ。その男はとんだ食わせ者。特級名誉騎士などとんでもない！　そやつは魔物を操り、陛下のお命を狙っている大逆人なのですからな」

あまりの内容に、玉座の間に集った者たちは、一斉に声がした方向を振り返る。

開け放たれた入り口の大扉から、一人の男が入ってきた。

それを見てセーラが思わず声を上げる。

「ロイファデル‼」

そこに立っていたのは、でっぷりと肥え太った男だ。

フェントワーズのロイファデル公爵である。

思いがけない乱入者に、セーラは唇を噛んだ。

（どうしてロイファデルが？　他国の者が勝手にこんな場所に入って来るなんて、許されるはずもない）

いくらフェントワーズの有力貴族であろうと、許可もなく玉座の間に入れるはずもない。

だが、ロイファデルは平然とその場に立ち、傲慢な表情でレオンを眺めている。

「ふん！　貴様のような下賤な者がこのような場所にいることすらおこがましいのだ。それが特級名誉騎士だと？　片腹痛いわ‼」

舞踏会で這いつくばって去ることになったのを、余程根に持っているのだろう。

オリビアはロイファデルを睨むと、柳眉を逆立てて言い放つ。

「ロイファデル公爵！　一体どういうつもりなのです！　こんな真似をしてただで済むと思っているのですか！！？」

彼女の怒りももっともである。

そもそも、いくら他国の貴族だとしても、こんな真似をすれば扉を守る衛兵たちに取り押さえられるはずだ。

　しかし、乱入者を取り押さえるはずの衛兵たちは、ロイファデルと共に玉座の間に雪崩れ込んでくると、あろうことかティアナたちを取り囲んで剣を抜いた。

　突然のことに、子供たちを守ろうとするティアナと怯える子供たち。

「きゃぁあ！　何なの‼」

「ティアナ姉ちゃん！」

「「ふぁああ‼」」

　レナとキールは青ざめ、リーアとミーアは泣き出した。

　ミネルバが思わず声を上げる。

「お前たち、何をする‼」

　あまりの光景に、彼女はレイアと共に、子供たちを守るために衛兵たちと対峙した。

「一体なんのつもりだ⁉　下がれ‼」

　ロザミアとアルフレッドも二人に続いた。

「殿下！」

「ロザミア、気を付けろ。下手に手を出せば我が国とアルファリシアの戦争にもなりかねん」

「うむ！　だが、一体どうなっているのだ？」

クラウスは父王に尋ねる。

「これは一体どういうことですか？　父上！！」

だが、ゼキレオスはその問いに返答する様子はない。

ただ静かにレオンを眺めている。

玉座の前にいたはずのレオンは、いつの間にかティアナたちを守るようにその前に立っていた。

レオンの肩の上に座っていたフレアとシルフィは、突然の緊急事態に自らの力を解放している。

白狼の姿になったシルフィと、鬼の少女になっているフレア。彼女たちは用心深く周囲に目を配りながらレオンに尋ねた。

「これは……」

「レオン、どういうこと？」

レオンは剣を構えると、首を横に振る。

「さあな。俺にも分からん」

クラウスは重ねて父王を問いただす。

「父上！！！　お答えを！」

ゼキレオスの代わりに声を上げたのは、一人の男だ。

「クラウス、その問いにはワシが答えてやろう」

その男は、開かれた大扉の外からゆっくりと玉座の間に入ってくると、ロイファデルの隣に立つ。

そして、男の横にはアーロンの姿があった。

アーロンは、共に扉を入ってきた男に媚びへつらうような表情を見せながら叫んだ。

「大公様！　あいつです、あのレオンという男が、魔物を操り俺たちを殺そうとしたんです。その証拠に見てください、奴の傍にいるあの娘を！　あの角は魔物の証。あいつはこんな場所に立てる男じゃない、ただの化け物使いです‼」

嫉妬と怒りに歪んだ目がレオンを凝視している。

この場所は、普通なら冒険者は一生立つことなど出来ない。そこに呼ばれたレオンの人生を、滅茶苦茶にしてやったとアーロンは満足感に浸る。

（くく、くはは！　言ってやった！　言ってやったぞ‼　これで奴は終わりだ！　ざまぁみろ！！！）

一方で、大公と呼ばれた男は、厳かな足取りでレオンの前に立つ。

その周囲には衛兵だけではなく、その男が引き連れてきた騎士たちの姿も見えた。

どの者も腕に自信がある様子で、レオンを取り囲むと剣を抜いた。

オリビアが叫ぶ。

「叔父上‼」

そこに立っているのは、国王ゼキレオスの実弟であるバーナードだ。

大公の地位を得て、アルファリシアの東にある領土を治めている。実質的には一国の王と言っても良いだろう。

相手は王弟だ、大扉を守る衛兵たちが従った理由がようやく呑み込める。

バーナードの隣で勝ち誇った顔をするロイファデルを見て、セーラは歯噛みした。

（慰霊祭のためにバーナード大公が都に来ていることは知っていたけれど、まさかロイファデルが大公に接触しているなんて。盲点だったわ）

あの舞踏会に大公は来ていなかった。

クラウスが王太子になるまでは次期国王の座を巡って争っていた相手だ。

今でこそ次期王位を諦めて大公の地位に甘んじているが、内に秘めた野心は健在では、と常々疑っていた。

バーナードが、クラウスに対して良くない感情を持っていることも知っている。

だが、まさかこんな真似をするとは思ってもみなかった。

その焦りからセーラは大公に声を上げた。

「バーナード大公！　いくら大公とはいえ、レオンは王太子であられるクラウス様が陛下に推薦した人物です。これはあまりに無礼ではありませんか‼」

それを聞いて、バーナードがセーラに歩み寄るとその頬を平手で打つ。

乾いた音が玉座の間に響いた。

王弟の冷酷な瞳がセーラを見下ろす。

「黙れ、ルクトファイド家の小娘が。余を誰だと思っている」

そして、玉座に向けてゆっくりと歩きながら口を開いた。

「兄上、クラウスの傍に仕える女狐がどんな小細工をしたのかは知りませぬが、このような下賤な者を栄えある特級名誉騎士に任ずるなど笑止。かつてその座に就いたと言われる勇者シグルドの名が穢れましょうぞ。ロイファデル、そなたが調べたことを兄上にご報告せよ」

大公に水を向けられて、ロイファデルは笑みを浮かべながら滔々と話し始める。

「畏まりました、バーナード様。私も陛下の御前に押し掛けるなど畏れ多いことだとは存じていたのですが、そのレオンという男の恐るべき企みを知り、決してこのままにしてはならぬと覚悟を決めまして」

もったいぶったようにそう語る。

そして続けた。

「慰霊祭を前に、このアルファリシアで妙な事件が起きていることは私も聞き及んでおります。そして、その事件の多くに、そこにいるレオンという男が関わっていることも。おかしいとは思われませぬか？　突然妙な事件を起こす者たちが現れ、それを見事に解決してみせる謎の冒険者。それほどの腕を持つ者が、これまで無名でいられましょうか。そんなことはあり得ませぬ」

ロイファデルはレオンを眺めると忌々しげに言う。

「全てはその男が陛下に近づくために自ら企んだこと。そうだな、アーロン」

そう促（うなが）されてアーロンは叫んだ。

「その通りです！　俺は聞いたんだ、そいつが陛下の命を狙っているって！　化け物どもと一緒にそう話してるのを確かに聞いたんだ‼」

レイアが怒りに拳を固めながら、アーロンを睨んだ。

「アーロン、貴様！　よくもそんなことを‼　出鱈目（でたらめ）にも程がある！」

だが、周囲はざわめき始めた。

「本当なのか？　あの男の言葉は」

「確かにミネルバ様があの者に救われたという話も、そう考えれば頷ける。奴が魔物を操っていたとすれば……」

「それに見ろ、奴が従えている、角のある娘を」

ミネルバはそれを聞いて怒りの声を上げた。

「何を馬鹿なことを！」

レオナールはそれを見て笑みを浮かべる。

（ふふ、ロイファデルめ。これは面白いことになってきた。俺が手を汚さなくとも、奴を始末することが出来るかもしれん。そうなれば、あの生意気なミネルバも赤っ恥というものだ）

そう思いながらシリウスを見た。

もしも、レオンが反逆者と断じられれば、王命でシリウスが動くだろう。

ジュリアンが言っていたように、四英雄である二人が戦うことになる。

（ジュリアン様が仰っていたのはこのことか？）

レオナールは玉座の隣に立つジュリアンに目をやる。

だが、ジュリアンは冷たい目をしてロイファデルたちを眺めていた。

そして、誰にも聞こえぬ声で静かに呟く。

「つまらぬ真似をしますね。興が冷める」

まるでゴミでも眺めるかのように、彼らを見つめる教皇の瞳。

そんな中、バーナードは赤い絨毯が敷かれた階段を上り、玉座の前にやってくると、国王の前に膝をついて礼をした。

そしてゼキレオスに言う。

「兄上、反逆者より兄上のお命をお守りに参りました。ご安心めされ、我が引き連れてきたのは大公家の屈指の使い手たち。あのような下賤な者はすぐに斬り捨てて御覧に入れましょう」

クラウスは珍しく怒りの表情を露わにして、バーナードに声を荒らげる。

「叔父上！　レオンが反逆者だなどとあり得ぬこと‼　今の言葉、取り消していただきたい」

それをバーナードは嘲笑する。

「黙れクラウス！　ふはは！　見ろ、兄上は何も仰らぬではないか。そなたより、ワシの言うことを信じておられる何よりの証拠よ。あのような冒険者風情を勇者シグルドと同列に並べることなど最初から反対されておられるのだ。そんなことも分からんとはな。やはり、お前には王太子など荷が重い」

肥大した自尊心が隠し切れずにその表情に出る。

（そうだ。元々、クラウスなどよりもワシの方が次の王に相応しいのだ。愚かな奴め、こんな冒険者風情に入れ込んで足をすくわれることになるとはな）

もし、王の命を狙う反逆者を特級名誉騎士になど推挙したともなれば、王太子としての権威は大きく失墜する。

（奴が反逆者かどうかなど問題ではない。そのためには事実などどうでも良い）

アーロンが先程叫んだ言葉は、ロイファデルに吹き込まれた台詞だ。

レオン憎しで凝り固まっているアーロンにとってそれは、砂糖のように甘い誘惑だったであろう。

バーナードは玉座の傍からレオンを見下ろしながら、高慢な笑みを浮かべた。

そして宣告した。

「よいか、王弟であるこのワシの言葉は陛下のお言葉だ。レオンと言ったな。貴様を今から反逆者として裁く。もはや逃れることなど出来んぞ」

対してレオンは何も答えない。

「どうした。大アルファリシア王国の栄光を前に、怯えて声も出んか？ 今なら罪を減じて処刑ではなく、この場で剣で斬り捨ててやろう。貴様自身でその化け物を手にかけて、罪を認めて詫びればなぁ‼ ふふ、ふはははは‼」

角が生えた少女、フレアを眺めてそう高笑いするバーナード。

あまりの言葉に、フレアが唇を噛み、拳を握り締めた。

その時——

「断る」

静かにそう口にすると、レオンは玉座に向かって歩き始める。

凄まじい闘気がレオンから発せられ、傍にいる衛兵たちは思わず後ずさった。

あり得ない光景だ。

おびただしい数の兵の間を、まるで何事もないように歩いてくる一人の男。それを見てバーナードは激高した。

「断るだと！　貴様、自分の立場が分かっているのか⁉　ワシは大アルファリシアの王弟なるぞ！！！」

レオンは静かにバーナードを見つめる。

「それがどうした。怯えているだと？　勘違いするなよ、俺は怒ってるんだ。お前のような男が俺の家族を侮辱したことをな」

それを聞いて、唇を噛みしめていたフレアが顔を上げると嬉しそうに微笑んだ。

「レオン‼」

そこにいる者たちは感じた。

衛兵たちの間を玉座に向かって歩いているのは、先程までと同じ冒険者の少年の姿をしてはいるが、その中身は似て非なるものだ。

赤く燃え上がるような闘気を身に纏い、玉座を目指し歩いていく。

迫りくる男を前に、バーナードは思わず声を荒らげた。

「な、何をしておる！　その反逆者を斬り捨てよ！！！」

拳を振り上げそう叫ぶ主の言葉に、大公家の騎士たちは一斉にレオンに斬りかかった。

「大公の御前でなんたる無礼！」

「身の程知らずの愚か者が‼」

「死ねぇいいいい‼」

選りすぐりの剣士たちの凄まじい一撃が同時に、玉座へ歩む男に襲い掛かる。

バーナードとロイファデルは、レオンの逃れ得ぬ死を確信して邪悪な笑みを浮かべた。

だが――

「おおおおお！！」

レオンの息吹と共に真紅の闘気が膨れ上がる。

凄まじい速さで一閃されたレオンの剣が、全ての方向から斬りかかった大公の騎士たちの剣を弾き飛ばした。

「ば、馬鹿な‼」

「いつ剣を振るったのだ！！？」

そして、歩みを止めないレオンに代わって彼らの鼻先に立つのは、二人の精霊だ。

大きな白狼と鬼の姿をした少女。

「まだ続けるつもり？」

「死にたいなら好きにしなさい！」

ロザミアも剣を抜いている。

「アルフレッド殿下。すまないが、私には全てに代えてでも守るべきものが出来たのだ」

それを聞いて、アルフレッドは笑みを浮かべた。

そして、肩につけられた祖国の紋章を右手で握ると破り捨てる。

王子として剣を抜けば国と国との問題になる、それゆえに。

「ならば俺も国を捨てよう。ロザミア、お前とレオンには命を懸けて返すべき借りがある」

ミネルバとレイアも剣を抜くと構えた。

「レイア、玉座で剣を抜くことは罪だ。剣聖の娘が馬鹿なことをするもんだね」

「ふふ、ミネルバ様こそ」

二人の目に後悔の色はない。

ティアナもしっかりと杖を握り締めながら大公を睨んだ。

「レオンさん！！！」

子供たちも声を上げた。

「「「レオン！！！」」」

レオンはそのまま真っすぐ玉座に向かって歩き続ける。

揺らめく赤い闘気は、まるで獅子を象っているように見えた。

バーナードは金切り声を上げる。

「馬鹿な！　き、貴様！　こんな真似をしてただで済むと思っているのか‼　この大アルファリシア王国を敵に回して、生きていけると思うなよ！！！」

　レオンは玉座の下まで歩いてくると、王弟を見上げた。

　その瞳には、怯えも焦りもない。

　ただ静かにバーナードを射抜いている。

「試してみるか？　俺は譲れないもののために戦ってきた。今までも、そしてこれからもな。誰が相手であろうと、それを変えるつもりはない。俺を殺したいのなら、そんなところで喚いていないで己の剣でやることだ」

　仲間を、そして家族を守るという断固たる決意が、そこにはある。

　その瞬間、レオンの闘気が玉座の間を覆うほどに大きくなるのを、バーナードは感じた。

（な、なんなのだ、こいつは一体！　なんなのだ⁉）

　目の前の男のオーラに圧倒されて、思わずその場に尻もちをつき、本能的に後ずさる。

　まるで、獅子を前にした子鼠のように。

　それを見て、国王であるゼキレオスはゆっくりと玉座から立ち上がる。

　そして、バーナードを見下ろした。

「愚かしいことよ、バーナード。本物を見極める目すらないとはな。たとえどれほど着飾ってみても、どれほどの地位を得ても、鼠は決して獅子にはなれぬ」

　それはレオンの闘気に押されて惨めに尻もちをついたことを言っているのか、それとも分不相応な玉座への野心のことを言っているのか。

セーラはその時ようやく気が付いた。

子供たちを取り囲んでいるように見えた衛兵たちは、いつの間にか剣を構えて彼らを守っている。

そう、この場所に踏み込んだ不心得者たちが、彼らに手を出せぬように。

ではそれを命じたのは誰なのか。

セーラはもう一度ゼキレオスを見つめた。

（まさか、陛下は最初から全てをご存知でいらしたとでもいうの？　レオンの特級名誉騎士への就任、それを機にロイファデルと大公が動くことも。最初から全てご存知で……）

そして、実際にこの場でレオンを見極めた上で断を下したに違いない。

だとしたら、それを調べ上げたのはシリウスだろう。彼は静かにレオンを見つめている。

ゼキレオスはシリウスに命じる。

「この愚か者どもを捕えよ！　我がアルファリシア王国へ害をなす反逆者としてな」

「畏まりました。陛下」

シリウスが指示すると、黄金騎士団の面々が、一斉にバーナードたちを取り囲む。

ロイファデルは青ざめて、国王の傍にいるジュリアンに助けを求めた。

「ジュ、ジュリアン様！　お助けくださいませ！　わ、私はこの国のためを思って‼」

白々しくもそう叫ぶ。

ジュリアンは微笑むとロイファデルの傍に歩み寄る。

そして、救いを求める信徒を慰めるがごとく体を抱き寄せて、耳元でそっと囁いた。

「愚かなことを。貴方は二度も私に断りもなく動いた。夜の闇が落ちる時は気を付けることです。貴方の命などいつでも消し去ることが出来るのですから」

ロイファデルは微笑むジュリアンの目を見て蒼白になると、震えながらその場にぺたんと腰を落とした。

まるで、天使の顔をした悪魔に死刑宣告をされたかのように。

ジュリアンは国王に告げる。

「父上。どうか寛大な処置を。彼は神の前に全ての罪を認めると申していますので。そうですね？　ロイファデル公爵」

「ひっ！　は、はい、ジュリアン様」

呆然とするロイファデルに縄をかけ、騎士たちが連れて行く。

他国の貴族とはいえ、ここまでのことをした以上厳しく取り調べられ、仮に国に帰れたとしても、アルファリシアとの関係を考えれば、フェントワーズにもう居場所はないだろう。

いや、それまで生きていられるかどうか。

ジュリアンの目を見た時に、ロイファデルはそう本能的に感じていた。

アーロンはまだ叫び声を上げながら、騎士たちに引っ立てられていく。

「俺は悪くない！　悪くないんだ‼　うぁあああああ‼」

レイアは剣を鞘にしまうと、それを見て冷たく言い放った。

「愚かな男だ。黙って国を出ていればそれで済んだものを」

そして、バーナードは騎士たちに両腕を抱えられ、血走った目で叫んでいる。

「貴様ら何をする！　このワシは大公なるぞ‼　おのれ！　次の王にはこのワシこそ相応しいのだ！　おのれぇえええ‼」

剥き出しになった野心が言葉になって、玉座の間に空しく響き渡る。

ミネルバは軽蔑と憐れみを込めた目でそれを眺めていた。

「哀れなものだ。大公としての任を果たされればいいものを。玉座に野心を持ち、身を滅ぼすとは」

彼らが全てこの場から引き立てられていった後、クラウスは国王の前に膝をつく。

「父上、このようなことでお手を煩わせてしまい申し訳ありません。王太子としての私の不徳のいたすところ」

そしてオリビアは父王に言う。

「お父様もお人が悪いですわ！　どうして、私たちにまで黙ってこんなことを」

「すまぬな二人とも。あれでもワシの弟だ。最後まで思いとどまることを信じていたが、愚かなことをしたものだ」

ゼキレオスはそう答えると、玉座の下に立つレオンに言葉をかける。

「レオンといったな。そなたの晴れの日にすまぬことをした。その借りはこの場で返そう」

そう言うと、玉座の傍に飾られている大剣を手にする。

そして、レオンがいる場所へと歩を進めた。

オリビアは首を傾げて父王に問う。

「お父様！　何をなさるおつもりですか？」

ゼキレオスは剣を構えると答えた。

「この男が真に特級名誉騎士の名に相応しい男か、ワシの剣で直接確かめると言っておるのだ。それで良いな？　レオン」

大国アルファリシアの国王であり、騎士王と呼ばれた男と直接剣を交えることなど、本来はあり得ないことだ。

それが許されたとすれば、騎士にとって最高の誉れだろう。

「ああ」

レオンは一言静かに答えると、剣を構えた。

静寂が玉座の間を包み込む。

二人の体を包み込む凄まじい闘気の高まりに皆息を呑んだ。

騎士王と呼ばれた男の闘気は、三大将軍の一人であるミネルバさえも凌駕する。

対峙する二人の男。片方が獅子なら、もう片方もまた獅子だ。

ゼキレオスはレオンに告げる。

「いい目をしておる。行くぞ！　レオン」

その瞬間、オリビアたちには、二人の体が消え去ったかのように見えた。

凄まじい速さで交差する二人。

「おおおおおおお！！！」

「ぬぉおおおおおお！！！」

気合が周囲に響いた。

オリビアは思わず叫ぶ。

「お父様‼」

ミネルバも声を上げる。

「レオン！！！」

剣を交えすれ違った二人は、剣を振り下ろした姿勢でその場に立っていた。

ゼキレオスの大剣が玉座の間に風を巻き起こし、それが収まるとレオンの肩口に浅い切り傷が刻まれる。

　レオンは振り返らずに言った。

「見事だ、騎士王ゼキレオス」

　そして、ゼキレオスも振り返らずに答える。

「ふふ、幾多の戦場でも決して折れることのなかったこの剣を砕くか。ゆるぎなき太刀筋、王者の剣よ」

　騎士王の剣は砕かれている。

　だがその顔は晴れ晴れとしていた。

　ゼキレオスはゆっくりとレオンの方を振り返る。

　そして、彼のために罰を覚悟で剣を抜いた者たちやフレアやシルフィ、杖を握り締めるティアナや子供たちを眺めた。

「譲れないもののために戦うか。勇者シグルドもそういう男だったと聞く。そして今は亡き我が友、剣聖ロゼルタークもな」

　それを聞いてレイアは涙した。

「陛下……」

　ゼキレオスは笑みを浮かべると宣言した。

「今日ここにアルファリシアは良き友を得た。レオン、アルファリシア国王ゼキレオスの名において、そなたに特級名誉騎士の称号を与える！」

その言葉に再び異議を唱える者はなく、大きな歓声が玉座の間に響き渡ったのだった。

## 6　宴(うたげ)の準備

国王ゼキレオスから正式に特級名誉騎士の称号を受けた翌日。俺は例の森の奥にある滝の前にいた。

本来なら称号の授与をされた後、オリビアが話していたように国王を水の精霊の温泉に入れて、慰霊祭に向けて疲れを癒してもらうつもりだったんだが、大公の一件でそうもいかなくなった。

あの後、その後始末のために、国王やクラウスたちは急な話し合いの場を持たなくてはならなくなったからな。

俺もオリビアと一緒に参加したんだが、温泉どころではなくなったのは確かだ。

今、俺の隣でティアナやロザミアと一緒に、清流の浅瀬で遊ぶ子供たちを眺めているアルフレッドが言う。

「大公は牢(ろう)に入れられ、領地は王の直轄地(ちょっかつち)になるそうだな」

「ああ、そうらしいな」

「目的は王太子であるクラウス殿下の名誉を貶めること。いわば、次期王位簒奪を狙った反逆罪。本来なら処刑されてもおかしくない重罪だ」

　俺はアルフレッドの言葉に肩をすくめた。

「まあな。だが、相手は弟だ。命まで奪うのは忍びなかったのだろう」

「大公といってもああいう男だ。所詮、ゼキレオス王の威光があっての地位だというのに愚かなことをしたものよ」

　アルフレッドの言葉に、一緒に森に来ているミネルバが言い添える。

「大公領の安定は、アルファリシアの庇護とゼキレオス陛下のお力があってのもの。王家の直轄地になったほうが民も幸せだろう。その旨を伝えに、大公領には使いが向かっている。有能な文官で、暫くはその者が統括官となり、陛下の名において大公領を治めることになりそうだ」

　ミネルバの話では、元々大公領は王家の土地だったという。ゼキレオスがクラウスを王太子にする時に、バーナードのために所領として与えたそうだ。

　今回の一件で元に戻るだけだと聞く。そのため、無用な混乱はないだろう。

　アルフレッドが軽く背を伸ばしながら言う。

「もし奴がクラウス殿下よりも王に相応しいのなら、ゼキレオス王は後継に指名しただろう。昨日お前と剣を交えた姿を見れば、騎士王ゼキレオスがそういう男だと分かる。だが、結局は奴は王の器ではなく、クラウスが王太子となり、代わりに今の領地を得て王位継承争いからは外された。それを逆恨みしたのだろうがな」

特級名誉騎士に俺を推挙し、王位継承権を持つクラウスとオリビア。二人を同時に排除するいい策だと思ったのだろうが、あの男では到底この大国アルファリシアの国王など務まらないだろう。

そんな中、翼人の王子は少し目を細めると空を眺めた。

「レオン、俺は今回の仕事が終わったら、故郷であるアルテファリアを出るつもりだ。王子などやめて、羽を伸ばしたくなってな」

そう言って、文字通り背中の翼を広げるアルフレッド。

ロザミアからアルフレッドの生い立ちは聞いている。王家に生まれた唯一の白翼人の王子であることから、血が繋がっていない育ての母から命を狙われたことも。

「なら俺たちのところに来いよ。ロザミアも喜ぶ」

昨日、兵士たちに囲まれている中で、アルフレッドは王子の地位を捨てるつもりで俺たちのために剣を抜いた。ロザミアと一緒にな。普通、あの状況で出来ることじゃない。

アルフレッドは楽しげに笑うと、首を横に振った。

「それも楽しそうだ。だが、暫く世界を旅したいと思う。お前に会って世界は広いと知った。戻った時にはまた会いに来よう」

「そうか、旅にな。悪くないな」

俺も旅に出て、今の仲間たちと出会ったんだから。

ロザミアが子供たちと一緒にこちらに手を振っている。

「主殿！　アルフレッド殿下！　何を話してるのだ？　水が気持ちいいぞ、一緒に遊ぼう‼」

まるで子供のようにはしゃぐロザミアを眺めながら、俺たちは顔を見合わせて笑った。

「ああ、あとでな。ロザミィ」

「はは、チビ助たちとどっちが子供なのか分からないな」

アルフレッドにまたロザミィと呼ばれて、ロザミアは頬を膨らませている。

ティアナや子供たちも楽しそうだ。

そんな中、ミネルバが隣でふぅと溜め息をついた。

「いいねぇ。いっそ私も旅に出たいよ」

俺は首を傾げるとミネルバに尋ねる。

「どうしたんだよ、ミネルバ。何かあったのか？　大体、こんなところにいてもいいのかよ。オリビアは明日の慰霊祭を控えて、今日は来客の対応が大変だって言ってたぞ」

合間を見ては俺の部屋に入り浸ってはいるが、オリビアもミネルバもそれ以外は来客がひっきりなしだからな。

レイアはそんなオリビアの護衛も兼ねて、今日は王宮の中にいるはずだ。

ミネルバにも山ほど客が来てるって聞いたけどな。

オリビアからは昨日、ゼキレオスに温泉に入ってもらえなかった代わりに、今夜時間を設けるので王宮に来て欲しいと言われている。明日の慰霊祭を前に、国王の公務が終わった後に、ゆっくりと体を癒して欲しいそうだ。

そういえば、俺が特級名誉騎士に選ばれたことへのちょっとした宴も催されるとか。

てっきりミネルバともそこで会うことになると思っていたんだが、出がけに俺の部屋にやってきて、一緒に森に来たのである。

「ったく、これを見ておくれよ」

そう言って、ミネルバは懐から何枚もの手紙を取り出すと、こちらに寄こした。

「ん？　なんだこりゃ」

ミネルバから手渡された手紙にはどれも、彼女に勝負を挑みたい旨の表書きがされている。

まあ、言ってみれば果たし状だな。穏やかではない。

「はは、流石名だたる天下の三大将軍様だな。皆、この機に腕試しをしたいってわけだ。

そういえばアルフレッドも、最初はミネルバと戦うために訪ねてきたんだもんな」

アルフレッドは腰に手を当てると大きく頷く。

「ああ、色々あってすっかり忘れていたな。だが、ミネルバ将軍なら、強者に戦いを挑まれたなら喜んで受けて立つと思っていたが」

ミネルバはアルフレッドをじろりと睨む。

「坊やといい、アルフレッド殿下といい、人を戦闘狂みたいに……まあいいさ、百歩譲ってそれが本当に剣の手合わせをしたいという申し出なら、受けて立つ。でも、違うのさ。中を見てご覧」

「いいのか？　見ちまって」

俺がそう尋ねると、ミネルバは何故かゲッソリとしたように、手紙の山を眺めながら頷く。

「構わないよ。私は二度と見たくもないけどね」

「まあ、ミネルバがいいって言うのなら……」

俺はミネルバから手渡された手紙を読んでいく。

そして、彼女が鳥肌を立てている理由が分かった。

「は……はは、なるほどな」

そこに書かれているのは、純粋に強さを求めて戦いを挑む内容ではなく、歯が浮くような言葉の羅列(られつ)だ。

こりゃ、果たし状と言うよりは恋文だな。

「どうもおかしいと思ってたのさ。とても武術に興味があるとは思えない連中からも勝負を挑む手紙が山ほど来て、面倒だから中身を見ずに立ち合いに挑んでいたんだけど、その数があんまり多いから中を開けてみたんだ。そしたら……」

「つまり、婚姻(こんいん)の申し出のために、お前に面会することが目的の連中だったたってわけか？」

レオナールの一件も含めて、ミネルバはその手の話は一切断っているらしいからな。

噂に名高い美貌の女将軍に会いたくて、この連中も一計を案じたってわけか。

「戦いの最中に嘗(な)め回すように私のことを見る者もいて、本当に寒気(さむけ)がした！　中には自ら剣をとらず、配下の騎士に戦わせて、もし勝利したら妻になって欲しいなどと言う者まで‼　ふざけるなとその場で叩き斬ってやりたくなったよ！」

「だろうな」

ミネルバが一番嫌いなタイプだ。

公爵令嬢ではあるが、剣聖ロゼルタークの弟子で生粋(きっすい)の武人であるミネルバにとっては、侮辱も甚(はなは)だしいだろう。

「こりゃ、男嫌いのミネルバには却って逆効果だな」

俺の言葉にミネルバは軽く咳払いをすると、それを否定する。

「別に男嫌いってわけじゃないさ。わ、私を守れるぐらい強い男が現れたら考えてもいい」

　そう言って何故か顔を赤らめてこちらを見つめるミネルバに、俺は肩をすくめながら答えた。

「お前を守れるぐらい強いって、そんな奴いるのか？」

　遠回しに恋文まがいの果たし状を書くような連中の中に、そんな気概のある奴がいるとは思えないが。

　それを聞いてアルフレッドが大笑いする。

「ふっ！　ははは！！　ミネルバ将軍、思いを告げるならもっとハッキリ言った方がいい。でないと一生伝わらぬぞ」

「おい、何笑ってるんだよ？　アルフレッド」

　ミネルバはミネルバで機嫌を損ねたのか、ツンとソッポを向いて俺に言う。

「そのようだね！　戦闘狂はどっちだい」

　一体なんだってんだ。

　そして、笑いながらこちらを見るとミネルバは言う。

「まあ、それが坊やのいいところだね。だから、山ほどの手紙よりこちらに来たのさ。さて、せっかく来たんだ、私も少し楽しもうか！」

　そう言ってミネルバは、ティアナや子供たちの方へと駆けていく。

俺たちもその後に続いた。

ふと滝の方を見ると、シルフィとフレア、そして今日一緒にここにやってきた一人の少女が滝つぼを眺めている。

アスカだ。ちょっとした理由があって俺たちと共にここにやってきたんだ。

そんな彼女たちの様子に、俺たちはチビ助を連れて滝つぼの方に向かった。

妖精姿のシルフィは、鬼の少女の姿になっているフレアの肩の上に座って、滝つぼを覗き込んでいる。

そして、フレアと一緒に溜め息をつく。

「釣(つ)れないわね」

「もういないのかしら？　ねえアスカ、どう思う」

フレアに問われて、アスカも下を覗き込みながら、竹で出来た竿(さお)を振ってもう一度餌のついた針を滝つぼに投げ入れた。

「変ですねフレアさん。あれだけ立派なのがいたんですから、いないはずないんですけど」

「そうよね！　絶対いるはずだわ‼」

すっかり仲良しの二人だ。

俺はアスカに声をかける。

「よう、アスカ！　どうだ調子は？」

そう尋ねるとアスカは首を横に振る。

「それが全く。あんなに立派な尾紅鰻がいたんですから、もう一匹くらい絶対釣れると思ったんですけど」

竹で作られた竿は、アスカたちが鰻を釣る時に使うものらしい。

こちらじゃ市場に鰻が出回ってないので、自分たちで捕まえるしかないそうだ。

「餌もいいものを使ってるんですよ。ねえレオンさん、あの鰻を捕まえた時は一体どんな餌を使ったんですか？」

アスカの問いに、ミネルバが顔を赤らめる。

まさか、自分の体に巻き付いてきたなんて言えないもんな。

少ししょげ返っているフレアとアスカを見て、俺はミネルバを肘でつついた。

「なあ、ミネルバ。こうなったらお前にひと肌脱いでもらうか」

「殺すよ、坊や。あんな真似、二度と御免だからね！」

そりゃそうだ。

まあ、大体あんなことは偶然に決まってる。

フレアはじっと水の中を見つめていた。

「せっかくアスカが自分のお店を持てるようになったんだもの。それに王様にだって、料理を出せることになったんだから！　きっと大丈夫、頑張ろうアスカ！」

「フレアさん……はい！　そうですよね」

フレアに励まされて気を取り直すアスカ。

あの後、ティアナからもヤマトの味付けの料理について伯爵夫人へ伝わったこともあり、夫人が都でヤマトの料理店を出すことを本格的に考え始めたそうだ。

そしてその店をアスカに任せることになったらしい。

オリビアからもゼキレオスにヤマトの料理の話が伝わって、今夜アスカが国王にそれを振る舞うことになっている。

アスカは手をギュッと握って水の中を見る。

「私、料理が大好きだから、ずっと自分のお店を出すことが夢だったんです。それが叶って、皆さんのお蔭で王様にまで料理をお出ししていいって言われて。本当に夢みたいで！ティアナさんも手伝ってくれるっていうから」

「ええ、アスカさん！　お店が出来たら私も手伝います」

チビ助たちも大はしゃぎだ。

「私も手伝うわ！」

「へへ、俺だって」

「リーアもです！」

「ミーアも頑張るです！」

「うむ！　私も味見を頑張るぞ！」

おい……最後の一人はロザミアだな。

フレアも大きく頷く。

「あの料理ならきっと満足してくれるわよ。私も王様は気に入ったわ！　レオンのこと、認めてくれたもの‼」

どうやら、ゼキレオスはフレアに気に入られたようだ。

シルフィも頷く。

「そうね。少しだけレオンに似てる気がするし」

ミネルバも首を縦に振った。

「確かにね。レオンなら陛下と気が合うとは思っていたけれど」

そんな中、俺は竹の竿の先が微（かす）かにしなるのを見た。

「お、おい！　アスカ、今竿が動いたぞ？」

話に夢中になっていたアスカが、慌てて竿の先に目をやった。

そして首を傾げた。

「ほんとですか？　レオンさん。何も感じませんけど」

アスカが言うように、確かに今は竿先が動く気配がない。

「おかしいな。気のせいだったか？」

シルフィが俺の肩の上に飛んでくると言う。

「もう！　しっかりしてよレオン。夕ご飯がかかってるんだから！」

「はは、悪い悪い！」

そんな会話で、アスカや俺たちの気がすっかり緩んだその時――

竿を持ったアスカが、滝つぼの方に一気に体を引っ張られる。

「きゃ‼　なにこれ！　凄い力！！！　いけない、竿が持っていかれちゃう！」

目を見開きながらも、アスカはしっかりと竿を握る。

滝つぼに転がり落ちる寸前のところで、辛うじて体のバランスと取り直す。

その竿は大きく弓なりにしなっていた。

フレアが叫ぶ。

「やったわ！　鰻がかかったのよ、アスカ！　絶対竿を放しちゃだめよ‼」

「は、はい！　でもフレアさん！　凄い力で！　もう駄目！！！」

必死に踏ん張るアスカだったが、耐え切れず竿を放しそうになる。

それを駆け寄った俺とフレアが支えて、一緒に竿を握った。

「レオン！」

「ああ、フレア‼」

三人で一気に竿を引き上げる。

と同時に、滝つぼから現れた黒い影が空高く跳ね上がり、その姿を見せた。

アスカが思わず声を上げる。

「やったぁ！」

俺とフレアも見上げて頷いた。

「ああ‼」

「大物よ！！！」

天高く舞い上がった大きな尾紅鰻が、地上へと落ちてくる。

そして、それはある人物の頭の上に落ちて、ぬるりとその体に巻き付いた。

「いやぁああああああああ！！！」

ミネルバのあられもない悲鳴で、俺たちの釣りは幕を閉じたのだった。

俺たちが立派な獲物を手に入れて、ゲートをくぐって部屋に戻ってくると、侍女のサリアが出迎えてくれた。

そして、俺の顔を見ると目を丸くする。

「あ、あの、レオン様。また頬が赤くなってますけど何があったんですか？」

「は、はは……今日も色々あってな。聞かないでくれ」

そんな俺の隣でプリプリと怒っているミネルバを眺めながら、ティアナがくすくすと笑う。

何しろミネルバのビンタだからな、頬も赤くなるというものだ。

「大体、俺のせいじゃないだろ?」

つい文句を言う俺を、ミネルバはジト目で睨む。

「竿を引き上げたのは、坊やだろ!」

まあ、確かにな。一方でフレアとアスカはにこにこ顔だ。

「やったわね、アスカ!」

「ええ、フレアさん‼」

二人の笑顔が救いだな。ティアナはサリアに話しかける。

「サリアさん、今日の宴のお料理なんですけど……」

「はい! ティアナさん、オリビア様が陛下にヤマトの料理のことを、それは美味しそうに話されたそうで、今夜の料理はオリビア様の侍女である私が、アスカさんの力を借りて準備を取り仕切ることになったんです。ティアナさんやフレアさんも手伝ってくだされば心強いですわ!」

その言葉に、ティアナとフレアは顔を見合わせると笑顔で大きく頷く。

「もちろんです、サリアさん!」

「任せといて‼」

王女の筆頭侍女であるサリアと東方の料理に詳しいアスカ、それにティアナとフレアが加わればまさに鬼に金棒だ。

ロザミアはすっかり蕩けたような顔で俺を見つめる。

「主殿！　早く行こう！　もうお腹が減ってきた」

「確かにな」

日も傾きかけてきた。昼から俺たちが暫く森に出かけることはもう伝えてある。そろそろオリビアたちもこちらに来るだろう。

そうこうしていると、部屋の入り口の呼び鈴が鳴る。サリアは出迎えると三人の来客を連れて戻ってきた。

ジェファーレント伯爵夫人とその娘のエレナ、そして例の横柄な店員がいた洋服店の主、フェルナンドである。

「よう！　二人ともよく来たな。ん？　どうしてフェルナンドがいるんだ？」

雇っているアスカが国王の料理を作ることになったこともあり、伯爵夫人のフローラとエレナは今夜の宴に招待されている。

だが、どうしてフェルナンドが訪ねてきたのだろうか。

そんな疑問を感じているとフェルナンドが、俺たちに深々と頭を下げる。

「先日は、皆様には本当にご無礼をいたしました！　あの店員には深く反省をするように何度も申し付けておきましたので」

隣でフローラが優雅に笑っている。だがフェルナンドを見つめるその目は笑ってはいなかった。

こりゃよっぽどこっぴどく叱られたな。この迫力は大商会を取り仕切る女性だけはある。

「フェルナンド。私たちの仕事はお客様があってのもの。いくらミネルバ様の御用達の店になったからといって、他のお客様をおろそかにするようでは我が商会に相応しい店とはいえませんよ」

「は、はい奥様！　それはもう！　深く心に刻んでおります‼」

どうやらこれで、あの店の対応も間違いなく良くなりそうだな。

そんなことを思っていると、エレナがフェルナンドを促す。

「それよりフェルナンド、例のものをレオン様に」

「はい！　お嬢様‼」

フェルナンドは気を取り直して、部屋の外で待っていた店の針子たちを中に呼び入れた。

彼女たちの一人が大きな箱をその手に持っている。

客間のテーブルの上にそれが置かれると、エレナは箱の蓋を開けた。

ミネルバがそれを見て声を上げる。

「へえ！　こりゃ立派だね‼」

その言葉を聞いて、フェルナンドは嬉しそうに胸を張る。

「ミネルバ様！　それはもう！　うちの店の自慢の針子たちが全力で手掛けたオーダーメイドですからね。数日前に奥様から依頼を受けまして、うちの最高の生地を使って仕上げたものです」

そこに入っていたものは、とても立派な服だ。騎士が着るのに相応しいデザインである。

フローラが俺に言う。

「レオン様は陛下から正式に特級名誉騎士に任ぜられました。これからは、お召し物は私たちにお任せくださいませ！」

「こりゃ凄い、ありがとなフローラ！」

国王から俺が正式に称号を受けた時のために、準備してくれていたんだろう。

エレナは俺にせがむように言う。

「レオン様！　早速着てくださいませ‼　エレナもデザインを針子たちと一緒に考えたんですよ！」

「そうか！　よし、着てみるとするか‼」

張り切って腕まくりすると、フェルナンドが大きく頷いて俺に言う。

「レオン様！　私がお手伝いを‼」

「は……はは、遠慮しておくよ」

そこまでのサービスは不要である。残念そうなフェルナンドを尻目に、俺は寝室に入って着替えを済ませる。

丈夫で肌触りも良く、最高の素材で作られているのが分かった。俺がリビングに戻ると、ティアナや子供たちが一斉に俺を取り囲む。

「レオンさん！　素敵です‼」

レナも頬を紅潮させてこちらを見上げた。

「とっても、格好いいわレオン！」

リーアとミーアもはしゃいでいる。

「「かっこいいのです！」」

キールが腰に手を当てると言った。

「凄えや！　レオン！」

ロザミアも大きく頷く。

「惚れ直したのだ‼」

エレナが俺の手をぎゅっと握って言う。

「あ、あの！　わ、私も惚れ直しましたわ‼　素敵ですレオン様！！！」

「は、はは。ありがとなエレナ！」

伯爵夫人が苦笑しながら娘を眺めている。

「もう、エレナ。いつまでレオン様の手を握っているのですか」

エレナは顔を真っ赤にすると、ぱっと手を放して照れ臭そうにした。

「ご、ごめんなさい！」

そう言った彼女は、皆と顔を見合わせて笑った。

フェルナンドはうんうんと頷くと言った。

「私は初めからレオン様が大物になられると分かっておりました！　どうかこれからも店を御贔屓に‼」

最初から分かってたかどうかは疑問だが、フェルナンドにも感謝だな。

「ああ、利用させてもらうよ、フェルナンド」

「はは～！　ありがたき幸せ！」

相変わらず大袈裟なところがある店主である。

着替えのためにと同じ服をもう一箱テーブルの上に置くと、フェルナンドたちは帰っていく。フローラに釘を刺されただけあり、文句なしのサポート体制だ。

俺が彼女たちに代金を支払おうとすると、伯爵夫人が首を横に振る。

「お代はもう頂きましたわ。アスカとヤマトの料理を出す店の件、レオン様たちにはいいアイデアを頂きましたから。こちらがお礼をしたいぐらいです」

アスカはそれを聞いてグッと拳を握る。

「奥様！　私頑張りますね‼」

それを聞いて、優しくアスカを見つめるフローラ。

「期待しているわ、アスカ。それに、オリビア様のご紹介で陛下に召し上がっていただけるなんて、これ以上の栄誉はないもの。せっかく頂いた機会、王女殿下に恥をかかせては駄目よ」

「は、はい！！！」

緊張気味のアスカにフレアが声をかける。

「大丈夫、私がついてるわ！　アスカ」

「ありがとう、フレアさん」

そうこうしていると、オリビアとレイアが仕事を終えたのだろう、俺たちの部屋へとやってくる。セーラも一緒だ。

「レオン！　素敵な衣装（いしょう）ね、よく似合っているわよ」

「まさに特級名誉騎士に相応しい」

「はは、ありがとなオリビア、レイア。まあ、馬子（まご）にも衣装ってやつだな。そういえばセーラまでどうしたんだ？」

俺の言葉に、セーラはツンとした表情でこちらを一瞥（いちべつ）すると言う。

「また貴方が遅刻しないか心配で迎えに来たのよ」

そう言った後、照れ臭いのか咳払いをすると、少し顔を赤らめて言う。

「な、中々素敵よ、レオン。さあ、陛下もお待ちかねよ。行きましょう！」

「ああ、セーラ！」

俺たちはセーラに促されて、宴の会場へと向かった。

宴のために用意された広間は玉座の間の隣にあり、その奥には国王の執務室や寝室などがあるそうだ。

俺たちが広間に行くと、クラウスは護衛の騎士や侍女たちと共に既に待っていた。

教皇のジュリアンは慰霊祭に備え、大聖堂で祈りを続けているとのことで不在である。

そして、俺たちの到着を待ってクラウスが侍女の一人に声をかけると、奥の部屋へ伝言が伝わり、衛兵が開けた扉の奥から国王ゼキレオスが現れた。

「よく来たなレオン。待っておったぞ」

「お招き感謝いたします、陛下」

俺の返事に国王は笑みを浮かべた。

「ゼキレオスで良い。特級名誉騎士とは余の臣下ではない。アルファリシア王家と余の友となる者に与えられる称号ゆえにな」

そういえば、クラウスがそんなことを言っていたな。称号を授かったとしても、それに束縛(そくばく)されることはないと。

俺は頷くと答えた。

「分かった。ゼキレオス王」

「うむ！　それで良い」

ゼキレオスは満足げに笑った。

「そなたには以前より会いたいと思っていたのだ。オリビアやミネルバが近頃はレオン、レオンとうるさくてな。どんな男なのか気になっていたものよ」

それを聞いて二人は顔を赤くして反論した。

「へ、陛下‼　私はレオンが王国のためになると思えばこそ！」

「そうです！　そんなにうるさくは言っていませんわ、お父様！　それに、私は慰霊祭の準備にお疲れのお父様に、一度ゆっくり水の精霊の温泉に入っていただきたくて」

「ふふ、分かっておる。王宮にいながら温泉に浸かれるとはな、楽しみにしておるぞ」

そう言いながらも、ゼキレオスはそっと俺に耳打ちをする。

「娘のオリビアはもちろんだが、ミネルバも幼い頃から我が娘も同然に育ってきた。気は強いがどちらもいい娘よ。どうじゃ、どちらか一人そなたの嫁にするというのは？　あの比類(ひるい)なき剣と迷いのない太刀筋。ワシはそなたが気に入った！　そなたなら安心して任せられるというもの」

「は……はは、ゼキレオス王。冗談だよ……な？」

「無論本気じゃ」

ゼキレオスは威厳に満ちた顔でそう頷く。だが、それが聞こえたのか、オリビアが真っ赤な顔で父親に抗議する。

「お父様！　いい加減になさってください‼」

「良いではないかリヴィ。そなたが、どの男も嫌だというからこの男ならと……」

「リヴィではありません！　公式の場ではオリビアと呼んでくださいませといつも言っているはずです」

「う、うむ！」

はは、見なかったことにしよう。騎士王と呼ばれた男の、威厳に満ちた渋みが台無しである。まあ、偉大な王も娘には弱いということだな。どうやら父親と二人の時は、オリビアはリヴィと呼ばれているらしい。

ツンとソッポを向くオリビアに弱り顔のゼキレオスに、ティナアと子供たちが挨拶をする。

「国王陛下！　今日はお招きいただきまして、ありがとうございます」

レナは緊張してリボンを直しながら挨拶をした。

「陛下、お招きありがとうございます！」

「あ、えっと、へへ、ありがとうございます！」

キールも深々と頭を下げる。そんな兄姉の姿を見て、リーアとミーアはちょこちょこと国王の前に出て挨拶をする。

「「王様！　ありがとうなのです！」」

「ふふ、よく参ったな。クラウスから聞いておる。そなたたちが舞踏会に良い花を添えてくれたとな」

それを聞いて、ティアナも子供たちも目を輝かせた。

俺の肩の上に座るシルフィと、料理を手伝うために鬼の少女の姿になっているフレアも挨拶をする。

「お招き感謝するわ、ゼキレオス王！」

「よろしくね王様！」

二人らしい気安い挨拶に、ゼキレオスも愉快そうに答える。

「ふむ！　この精霊たちの楽しげな姿を見れば、主であるレオンの心根が知れるというものよ。此度（こたび）は共に慰霊祭の護衛につくと聞く。よろしく頼むぞ」

「「ええ！　任せといて‼」」

フレアとシルフィも、すっかりゼキレオスが気に入ったようだ。

ロザミアとアルフレッドも挨拶をする。

「ゼキレオス陛下。ロザミアと申します。お招き感謝いたします」

「陛下。翼人の王国アルテファリアの第三王子、アルフレッドと申します。今夜はお招きに与かり光栄です」

ドレス姿のロザミアと正装したアルフレッドは凛々しいものだ。

アルフレッドはもちろんだが、元々ロザミアも翼人の国の聖騎士だ。こういう集まりは慣れたものだろう。

「ほう、アルフレッド殿下とその妹君にも等しい方だと聞いているが。天使と見まごう美しさよ」

黙っていれば、確かに天使だからな、ロザミアは。

そして、最後にジェファーレント伯爵夫人とエレナ、それにアスカが挨拶をした。

「陛下、お招きに与かり光栄にございます」

「国王陛下。今日はヤマトの料理を楽しんでいただこうと、あちらの料理に詳しい者を連れて参りました。さあアスカ、陛下にご挨拶を」

エレナにそう促されて、アスカは緊張した面持ちで深く頭を下げる。

「ゼキレオス陛下、アスカと申します。きょ、今日は頑張りますのでよろしくお願いします！」

そんなアスカを眺めながら国王は頷いた。

「オリビアから聞いておる。楽しみにしておるぞ」

フレアがアスカに、頑張ってといった様子で両手を握って見せる。

それを見てアスカも勇気が湧いたようで、国王に返事をした。

「はい！　陛下」

サリアも大きく頷いた。

「皆さま、暫くお待ちくださいませ。アスカさんに伺って、他の侍女たちに食材の下準備はもうさせておりますので、直に御膳をお持ち出来ると思います」

アスカとティアナ、そしてフレアがサリアと共に食事の準備に向かうと、宴が始まった。

それぞれが会話をしながら、チビ助たちも楽しそうにそれに加わっている。

リーアとミーアのことが気に入っているのだろう、勝手に現れて二人の傍でぷるぷると震えている小さな水の精霊を見て、目を丸くするエレナの姿が微笑ましい。

込める魔力を弱めてロックもこの場に招待すると、いつもより小さなアースゴーレムが場を沸かせた。

暫くするとアスカたちが最初の膳を持ってくる。

テーブルに座る皆の前に並べられたのは、綺麗に粒が立ち、炊き上げられた白いご飯だ。

ロザミアはそれを見ただけで涎を垂らしそうな勢いである。

そして、一緒に運ばれてきたのは少し濃い色をしたスープだ。中には具として肉やキノコ、そして野菜が入っている。それはホカホカと湯気を立てて、とても美味しそうだ。
付け合わせとして、綺麗に切られた野菜が、小皿に載せて添えられていた。

「猪肉のお味噌汁と瓜の糠漬けです。お米と一緒に召し上がってください」

エレナがそれを見て少し慌てたように言った。

「アスカ！　このお野菜はしなびているわ！　陛下の御膳よ、貴方にとっても大事な……」

付け合わせの瓜のことを言っているのだろう。確かに採れたてのものと比べると僅かにしなびて見える。

一生懸命に準備をしたアスカのことを知っているからこそ、つい心配でそう口走ったのだろう。

だが、フローラが首を横に振ると、エレナを窘めた。

「エレナ、アスカに任せましょう」

国王に出す御膳だ。粗相があればアスカの店の話もなくなるかもしれない、それどころか、ジェファーレント商会にも影響が出ることさえあり得る。だが、伯爵夫人はその一言以外は言わなかった。

ゼキレオスはアスカに尋ねる。

「オリビアからヤマトの料理のことは聞いている。もっと豪華なものを出すことも出来たはずだが、どうしてこれを最初に出したのだ？」

そう問われて、アスカは緊張しながらも顔を上げてはっきりと答える。

「陛下に食べていただきたかったんです。これは村に昔から伝わってきた料理なんです。ずっとずっと昔に、私たちの先祖を守ってくれた神様がいて、その村の味なんです。お米も、味噌も、そして糠床(ぬかどこ)の味も、その時から変わってないって母が言っていました。村にお客様が来ると、心を込めていつも出していた料理だって。だから陛下にも、まずはこの料理を食べていただきたくて」

「そうか、古(いにしえ)よりそなたたちに、な」

ゼキレオスは頷くと箸を手にして、まずは猪肉の味噌汁を味わうと、次に瓜の糠漬けを食べ、白いご飯を食する。

エレナはアスカが心配でしょうがないのだろう、思わずゼキレオスに尋ねる。

「あの……陛下、いかがですか？」

不安げなエレナにゼキレオスは笑みを浮かべる。

「そなたも食べてみよ。エレナ」

国王に勧められて恐る恐る料理を口にするエレナ。するとその目が見開かれる。

「これは！　美味しい！　とっても美味しいわ‼」

彼女の賛辞(さんじ)を皮切(かわき)りに、皆一斉に料理を口にした。ロザミアが猪肉の味噌汁を食べてほっこりと笑顔になる。

「優しい味なのだ。肉も柔らかくて、一緒に入った野菜や芋がとろとろで美味しい。味噌汁と言うのか？　このスープの味によく合っている！　それになんといってもお米によく合うのだ‼」

ミネルバやレイアも頷いた。

「確かに美味いね。素朴な料理に見えるけど、しっかりとダシがとられてて美味しい。それにこの瓜も今までに食べたことがない味だ……」

「ええ、ミネルバ様！　初めての味ですが、ほかほかの米にとてもよく合う」

皆が言うように、どちらもとても美味い。

疲れた旅人が、村を訪ねてこれを出されたら、それだけでその村が好きになるだろう。思わず米の飯をかき込みたくなる味だ。

実際に俺も二千年前に食べたことがあるからな。アスカが言うように、当時の味を忠実に守ってきたのが分かる。

同じものを作っても、アスカたちでなければこれほど美味くは作れないだろう。素材から調味料まで、全てをよく吟味して作ったに違いない。

クラウスやセーラ、そして子供たちも大満足の様子だ。フローラは微笑むと言った。

「アスカたちは何事にも手を抜かない見事な職人たち。それはヤマトの職人の魂です。ですから、彼女が心を込めて作る料理に間違いがあるはずもない。アスカ、陛下にあれをお出しなさい」

「は、はい！」

アスカは、フローラの言葉に頷くと、ゼキレオスの前に透明な水のような飲み物を差し出した。

「陛下。ヤマトのお酒です。手をかけて米から作ったもので、この料理によく合うと父から預かって参りました」

「ほう、ヤマトの酒か。まるで清らかな水のようだな」

そう言って、ゼキレオスは白い盃に注がれた酒を飲み干す。そして満足げに頷いた。

「うむ！　これは美味い！　それに一際料理を引き立たせる。帰ったら父に伝えよ、名酒であったとな。そして、そなたの娘は良い料理人だと。夫人の力添えで店を出すと聞いたが、これからも時々は宮殿に来て、余にもヤマトの料理を振る舞ってくれるか？」

その言葉に、アスカは傍に立つフレアと顔を見合わせて、嬉しそうに手を取り合った。

「良かったわねアスカ！　凄いわ‼　これからも王様に料理を作れるのよ！」

「はい！　フレアさん！　ありがとうございます、陛下‼　もちろん、喜んで‼」

大したもんだ。アルファリシア王家の御用達ともなれば、店を開くにあたってこれ以上の宣伝はないからな。

それに、俺にとってもこの味噌汁や瓜の味は懐かしいものだった。

シルフィも昔を思い出したのか、俺の肩の上で、楽しげに料理を摘まんでいる。

それからは順番に料理が出され、ティナアが考案した東方のソースがかかった肉料理も出されて、皆舌鼓を打つ。

そして、最後に鰻のヤマト焼きが出された。

それを一口食べて、ゼキレオスの威厳のある渋い顔が思わず緩む。

「これは……中は柔らかく、外はパリッと焼き上がってなんとも美味い。それにこの酒によく合う」

オリビアやミネルバの前にもヤマトの酒が出されており、一緒に料理を味わいながら少し頬を上気させてうっとりとする。

「やっぱりこれは本当に美味しいわ。それにこのお酒が」

「ええ、姫様！」

セーラもいつもぴんと立てているウサ耳を、ぺったりと垂れ下がらせて料理を満喫している。

「本当に美味しいわね。お米にもよく合って、これはくせになるわ」

「確かにこれは美味い！」

クラウスも大きく頷いた。

ロザミアはといえば、もう五杯目の飯のおかわりをして、その上にたっぷりと鰻を載せて頬ばっている。

「ほんほにうまいのら！　うぐぅ‼」

　飯を頬張ったまま喋ったせいで喉（のど）に詰まったのか、慌てて傍にある盃を飲み干すロザミア。

　それを見てアルフレッドが慌てた。

「おい、ロザミィ！　それは俺の酒だぞ‼　お前にはまだ早い！」

　喉に詰まりそうになっていた料理はなんとか飲み込めたようだが、あっという間にロザミアの顔が赤くなっていく。

　そしてアルフレッドに答える。

「ひっく！　殿下、ロザミィと呼ぶなと言ったらろ？　ロザミィはもう大人なのら」

　おい、語尾がおかしくなってるぞ。そして、俺をジト目で見ると傍にやってきてギュッと抱きついてきた。

　赤く上気した顔が妙に艶（なま）めかしい。しかもその大きな胸が俺の顔に当たっている。

「お、おい！　ロザミア」

「ギュッとして欲しいのら。約束したのら。主殿が元気になったら、ギュッとしてくれると」

　そんな約束をした覚えはないぞ？　いつの話だ。

それを聞いて何故かレイアが咳払いをすると、ロザミアを窘める。

「こほん！　ロザミア、やめないか！　陛下の御前だぞ‼」

ロザミアはすっかり据わった目でレイアを見つめると言い返す。

「なんら？　レイアらって言ってたではないか。主殿が目を覚ましたらギュッとしてもらいたいと」

それを聞いて、ロザミア以上に真っ赤になっていくレイア。

「は⁉　な、な、何を言っているんだロザミア！　わ、私は剣聖の娘！　そんなこと言うはずがない‼」

「言ったのら、ロザミィは聞いたのらぞ」

そう言ってロザミアは、無邪気に翼をパタパタとさせる。レイアはロザミアを睨んで叫んだ。

「この酔っ払い！　裏切者‼」

……一体、俺が気を失っている間に何があったんだ？

いつの間にか厨房から来たティアナが、ロザミアに抱きつかれている俺の頬を抓る。

「レオンさん、だらしない顔して！　破廉恥です‼」

どうして俺が抓られなきゃいけないんだ。ゼキレオスはそんな俺の姿を見て大笑いした。

「ふはは！　特級名誉騎士も女子には弱いらしいな、レオン。これは愉快だ‼」

すっかり酒の肴にされた俺は、ティアナに抓られた頬をさすりながら溜め息をついたのだった。


食事を終えてゆっくりと歓談した後、俺たちは今、国王専用の大浴場にいた。

オリビアの願い通り、国王に水の精霊の温泉に入ってもらう予定だったのだが、ゼキレオス王が皆を気に入り、それならばと大浴場に招いてくれたのだ。

大国アルファリシアの国王の浴場だけあって、立派なことこの上ない。壁や柱のそこかしこに見事な彫刻が彫られている。

水着を着て一番乗りをしたロザミアが目を輝かせている。

「主殿！　凄いぞ！　立派な浴場だ‼」

「はは、さっきまで寝てたのに元気だな」

間違ってアルフレッドの酒を飲み干した後、ロザミアは俺に抱きついたまま眠っちまって、仕方ないからテーブルの傍にあるソファーに寝かせてたんだよな。

アルフレッドは呆れたように言う。

「ゼキレオス王の前であれほどぐっすり眠れるとは。まったくロザミィは、大物だな」

「はは、それは間違いない」

俺は太鼓判を押した。それがロザミアのいいところだからな。

ティアナやチビ助たち、そしてアスカも驚いたように目を丸くする。

「立派なお風呂！」

「「すごいのです‼」」

フローラやエレナもあとに続いて入ってきた。

もちろんサリアが皆の分も水着を用意してくれている。

オリビアたちがやってきた後、クラウスやセーラと共に、ゼキレオスも大浴場に入ってきた。

セーラは訝しげに浴場を見渡す。

「サリア、陛下にゆっくりと湯に浸かっていただくという話だったけれど、用意が出来てないようね。どういうことかしら？」

「あ、はい！　それが、必要ないんです。レオン様が用意してくださるので」

「レオンが？」

どうやらセーラには詳しい話が伝わっていないらしい。

俺はまだ訝しげなセーラを眺めながら、右手を浴場に向かって突き出す。

「まあ、論より証拠だな。喚(よ)び出すぞ！」

これだけの大浴場だ、いつもよりも多めに魔力を込めて水の精霊を喚び出す。

空(から)だった浴場の底に青い魔法陣が描かれると、それが輝きを増した。

リーアとミーアが、二人に懐いて勝手に現れた小さな水の精を抱きながら、手を叩いて喜ぶ。

「「大きいぷにょちゃん来るです‼」」

次の瞬間、魔法陣の中心に大きな水の精霊が現れて、湯船の中でプルンと震えると辺りにしぶきを飛ばす。そして、ほかほかと湯気を上げ始めた。

それを見てオリビアが満足そうに微笑む。

「ぷにょろん！　よく来たわね‼」

水の精霊は、オリビアに「ぷにょろん」と呼ばれて、湯船の中でぷるんと震える。

いつの間にそんな名前にされたんだ？　すっかりオリビアに調教されているのか、現れた途端にもう快適な温泉の温度になっている。

ミネルバはミネルバで、気軽に水の精霊に呼びかけると、水着を着た美しい体を精霊に無防備に晒す。

「ぷにょろん、体を洗ってくれるかい？　今日は森の中で酷い目に遭ったんだよ。川の水で顔は洗ったけど、まだあの感覚が肌に残っている」

そう言ってぶるっと震える。例の鰻のことだろう。

水の精霊は、女王様に傅く忠実な臣下のように、ミネルバの傍で一つの大きな塊になると、彼女の体を包み込んで綺麗に洗い上げる。

美貌の女将軍の体を水の精霊が洗い上げている姿は、どこか艶めかしい。

その唇から気持ち良さそうにふぅと吐息が漏れる。

「もうあの滝つぼには入りたくないからね。やっぱりぷにょろんが最高さ！」

水の精霊は褒められたことが嬉しいのか、ミネルバの体を包み込みながらぷるんと大きく震えた。

おいミネルバ、最初はあんなに水の精霊の温泉に躊躇っていたのに、どれだけこいつにハマってるんだよ。

どうやらこれが、散々俺の部屋に入り浸った成果のようである。水の精霊がいつの間にかお風呂の精霊にされてしまったようだな。

人の精霊をなんだと思ってるんだ。

そんな事情を知らないセーラは、身構えて叫んだ。

「ちょ！　ミネルバ様！　大丈夫なんですかそれ⁉」

そう言って後ずさるセーラを見て、ミネルバは悪戯っぽく笑う。

「へえ、珍しいね。いつも冷静なあんたがそんな顔して。坊やが言うように論より証拠さ。ぷにょろん！　あのウサ耳娘のことも洗ってあげな」

「え？　ちょ！　わ、私はいいですわ‼」

動揺するセーラの足元は、もう水の精霊に包まれている。

スラリと伸びたその足を、水の精霊が絡みつきながら上る。太ももに巻き付かれて青ざめるセーラ。

逃げようとしたのか腰が大きくひねられて、張りのある胸が強調された。その姿はさながら巨大なスライムに襲われているようである。

「ひっ！　ひぁあああ‼」

普段出したこともないような、あられもない声を上げるセーラを見て、流石にクラウスは心配になったのか声をかける。

「お、おい、セーラ大丈夫か⁉」

「で、殿下……あふ」

セーラはそう吐息を漏らすと、緊張して逃げるようにひねられていた体から、次第に力が抜けていく。

そして、とうとうそのウサ耳をぺたんと寝かせると、トロンした目でこちらを見た。

「なんなのこれ、気持ちいい……」

ミネルバは胸を張るとセーラに言った。

「だろう？　特に修練を終えて汗をかいた時は最高なのさ。もうぷにょろん以外の風呂なんて考えられないね！」

どうやら、ミネルバたちに調教された水の精霊のスペシャルコースに、セーラも虜になったようだ。

ロザミアはといえば、もうとっくに水の精霊に包まれて体を洗ってもらっている。

レイアやティアナも慣れた様子である。

子供たちは水の精霊と追いかけっこをしながら、楽しそうに綺麗に体を洗ってもらっていた。

それを見て、フレアとアスカが参加する。シルフィも小さな妖精姿で一緒に楽しんでいる。

フローラとエレナはそれを見て呟く。

「気持ち良さそうですわね」

「ええ、お母様」

そう言って、ミネルバに頼むと、セーラのようにスペシャルコースを楽しんでいた。

上気するフローラとエレナの頬。

「これは……」

「はぁ、お母様。天国です！」

ったく、ゼキレオス王に楽しんでもらうはずの温泉なのに何してるんだ。

そんな国王もオリビアの案内の下、体を洗って一息ついている。

「ふはは！　少しくすぐったいが。これはまるで童心(どうしん)に帰った気持ちになるな！」

クラウスやアルフレッドも大きく頷く。

「レオン、何をしている。お前もやってみろ！」

「こいつは気持ちいいぞ‼」

「あ、ああ」

今更俺だけ嫌だとは言えないからな。俺もぷにょろんに綺麗に体を洗ってもらう。

まあ本当の名前は違うのだが、水の精霊自体がそう呼ばれることを気に入っているようなので、いいとするか。

その後、ゆっくりと湯船に浸かると、セーラは深い溜め息を吐いた。

「嘘でしょ……さっきよりもずっと気持ちいい。はぁ、ぷにょろん最高だわ」

どうやらもう一人ぷにょろんにハマった女性が増えたようだ。そして恨めしそうに俺を睨む。

「レオン、貴方のせいでもう他のお風呂に入れないわ。責任はとって頂戴」

「はは、俺のせいなのかそれ？」

セーラは頬を上気させながら、湯船の中で背伸びする。

「ふふ、まあいいわ。時々私も貴方の部屋に遊びに行くから」

どうやら、俺の部屋に入り浸る奴が一人増える予感がする。

アスカと鬼の少女姿のフレアも、大満足の様子で温泉を楽しんでいる。

「はぁ、温泉最高‼　ね、アスカ！」

「はい！　フレアさん」

そういえばフレアも、あの姿になってからは初めての温泉だろうからな。嬉しいに違いない。

ゼキレオスもすっかり湯船の中で寛いでいる様子だ。

「これは堪らんな。まさか王都にいながら温泉に入れるとは。リヴィ、そなたにも感謝するぞ。明日の慰霊祭に向けていい休養となったわ」

「でしょう！　お父様」

父王を心から心配しているのだろう、リヴィと呼ばれても気にせずにオリビアは嬉しそうに笑う。

「よかったな、オリビア」

「ええ、レオン！　ありがとう」

そう言いながら少し俺に身を寄せるオリビアを見て、ゼキレオスは目を細めると言った。

「二人には改めて礼をせねばならんな。何か望みはないか？」

そう尋ねるゼキレオスに、オリビアは首を横に振った。

「お礼なんていいわ、お父様。私はただお父様に体を休めて欲しかっただけだから」

そう話しながら、彼女はふと思いついたように申し出る。

「あのねお父様、そういえば一つ、レオンのことでお願いがあるのだけど」

真剣な眼差しでオリビアはそう切り出す。ゼキレオスは大きく頷くと答えた。

「ふむ！　そうか、やはりレオンとの婚姻を望むか。よかろう認めよう！」

……何がよかろう、だ。どうやらどうしてもゼキレオスは、オリビアと俺を結婚させたいらしい。

オリビアは真っ赤になりながら抗議する。

「お父様！　何がよかろうですか！　そんな話じゃありません‼」

「ふはは、そう怒るな。で、何が望みだ？　リヴィ。夕食といいこの温泉といい、最高のもてなしだった。そなたとレオンの望みなら、余が出来ることであればなんでも叶えてやろう」

ゼキレオスのその言葉に、オリビアは真剣な眼差しに戻ると、俺を見つめながら願いを口にした。

そうか、恐らく例の話だろう。

「ありがとう、お父様。温泉を上がった後で、お父様の執務室にレオンと行きます。願いはその時に申し上げますわ」

オリビアの言葉にゼキレオスは大きく頷いた。

温泉で国王にゆっくりと体を休めてもらった後、俺はオリビアと一緒にゼキレオスの執務室に向かうことになった。

ティアナやロザミア、そして子供たちは同じ銀竜騎士団の宿舎に泊まっているアルフレッドが送ってくれるそうだ。

「悪いなアルフレッド。よろしく頼む」

「ああ、レオン」

レナとキールは俺に言う。

「早く帰ってきてね、レオン！　今日はありがとう、レナとっても楽しかった‼」

「へへ、俺もすっげえ楽しかったぜ、レオン！」

リーアとミーアは相変わらず小さな水の精霊たちを引き連れて、俺を見上げている。

「レオンお兄ちゃん、ありがとなのです！」

「帰ってきたら一緒に寝るのです！」

チビ助たちは気が付くと、いつも俺の布団に潜り込んで寝てるからな。

「はは、少し遅くなるかもしれないから先に寝ててくれよ」

ロザミアは、リーアたちに言う。

「代わりに私と一緒に寝よう！　主殿が帰ってきたら一緒に主殿の布団に潜り込めばいい」

リーアとミーアは顔を見合わせて頷いた。

「「はいなのです！」」

ロザミア、一緒にってお前な。まあロザミアらしいか。

フレアはアスカと別れの挨拶をしている。

「フレアさん、今日は本当にありがとう！　また、遊びに来てもいいですか？」

「ええ、もちろん！　だって、私たち友達でしょ？」

「はい！」

ギュッとフレアの手を握って、国王たちに別れの挨拶をすると、アスカは伯爵夫人やエレナと共にその場を立ち去る。

クラウスとセーラもたっぷりと温泉を堪能した様子で、俺たちに別れを告げた。

「オリビアそれにレオン、今日は楽しかった。父上、明日の慰霊祭でまたお会いしましょう」

「陛下、今日はお招きありがとうございました。レオン、また会いましょう！」

そう言うと、クラウスたちは去っていく。

俺は、子供たちを連れて宿舎に戻ろうとするティアナに声をかけた。

「ティナア、それじゃあな」

「はい、レオンさん。宿舎でレオンさんが帰ってくるのを待ってます」

「ああ」

俺は頷いた。ティアナのことだ、先に眠ってろって言っても俺が戻るまでは起きてるだろうからな。

子供たちとその場を立ち去ろうとしたティアナは、ふと振り返るとこちらに駆け寄ってきて俺の手を握る。

「どうした？　ティアナ」

「ごめんなさい……なんだか、急に不安になって。神父様が亡くなって途方に暮れていた時は、こんなに夢みたいに幸せなことがあるなんて、考えたこともなかったから。これが全部夢で、目が覚めたらレオンさんがいなくなってるんじゃないかって急に心配になって」

俺は肩をすくめて笑った。

「そんなはずないだろ、ティアナ。すぐ戻るさ、心配するな」

ティアナは俺の手をギュッと握りしめて、大きな目でこちらを見つめると、ようやく安心したのか頷いた。

「はい、私待ってます！　待ってますから」

「ああ、ティアナ」

俺を見つめた後、ティアナは微笑むと、子供たちを連れてその場を立ち去った。

俺はその時、不思議な既視感に囚われた。昔、同じように手を握られて似たようなことを言われたことがある。

目が覚めたら俺がいなくなってるんじゃないかって。そして、俺のことをずっと待っているって誰かに……

だが、それがいつのことだったか思い出せない。

「坊や？　どうしたんだい」

ミネルバにそう声をかけられて、俺は首を横に振る。

「何でもない。少し昔のことを思い出してな」

「変な坊やだね。オリビア様と例の話をするんだろう？　私たちも付き合うよ」

傍に立つレイアも頷いた。ミネルバやレイアは王宮内でのオリビアの護衛役でもあるからな。

「そうだな。行くとするか」

フレアとシルフィも、興味があるといった顔で頷く。

「そうね、レオン。私たちも一緒に行くわ。四英雄が祀られている神殿だなんて気になるもの。あの闇の術師のことも何か分かるかもしれないし」

「ああ、分かった！」

オリビアは明日の慰霊祭について、ゼキレオスと話をしている。

そして、王女はこちらを振り向くと言った。

「レオン、それじゃあそろそろ行きましょう」

俺はオリビアに促されて、ミネルバやレイア、そしてゼキレオスと共に国王の執務室に入る。

そして、その後オリビアは、人払いをするために侍女や衛兵を部屋の外に出した。

ゼキレオスはそんな娘の姿を眺めながら尋ねる。

「ワシの傍にいるのは、信頼のおける者たちばかりだ。リヴィ、そなたの願いは彼らにも聞かせられぬようなことか？」

「ええ、お父様」

そう答えるオリビアにゼキレオスは話を促す。

「言ってみよリヴィ。先程も言ったが、そなたとレオンのためならば、ワシに出来ることは何でも叶えてやろう。その言葉に二言(にごん)はない」

「お父様、感謝します。実は、王家に伝わる例の場所にレオンを連れて行きたいの」

オリビアは、真っすぐに父王を見つめて単刀直入(たんとうちょくにゅう)に切り出す。

ゼキレオスは驚いたように娘を見つめ返す。

「例の場所とは、あの地下にある神殿のことか？」

「ええ、そうよお父様。もしかしたら、お父様にもご報告したあの闇の術師にも関わることかもしれない。出来れば慰霊祭の前に、レオンをあの場所に連れて行きたいの！」

娘の願いを聞き、ゼキレオスは暫く押し黙る。

そして威厳に満ちた声で答えを告げた。

「そなたの願いは分かった。だがリヴィ、それは出来ん」

「お父様、どうして!? レオンのことが信頼出来ないの？　レオンなら、夫にしてもいいぐらいだと仰ったじゃない!!」

オリビアの言葉にゼキレオスは首を横に振る。

「そういうことではないのだ、リヴィ。剣を交えた時から、この男が信頼出来ることはワシにも分かっておる。だが、王家の血統を持つ者、その中でも特に色濃くある血脈を受け継いだ者にしか、あの場所に行くことは出来んのだ」

「ある血脈？」

オリビアが不思議そうに首を傾げる。

「そうだ。実際に、王家の血を引いていてもバーナードはあの場所には行けなかった。公（おおやけ）には語られてはいないが、だからこそ王位継承権を失ったのだ。王家に生まれながらあの神殿に選ばれなかった者。クラウスやお前への敵愾心（てきがいしん）もそこから来ているのだろう」

それを聞いてミネルバやレイアが息を呑む。

「一体その神殿とはなんなのです、陛下」

「まるで、その神殿がアルファリシアの国王を選別しているかのような仰り方ではありませんか？」

ゼキレオスは頷いた。

「そうだ。神殿に選ばれぬ者は決して王にはなれぬ。それが代々王の座を継いだ者に、あの神殿より告げられる神託。それゆえ、我が子三人をあの場所へ連れて行ったのだ」

俺はそれを聞いてようやく得心した。

「そういうことか。その神殿には、王位継承権を持つ者だけが入れるということじゃない。王位継承権を持つ者を選ぶために、その場所へ行く必要があるということか」

ゼキレオスはこちらを眺めながら首を縦に振る。

「そういうことだ。そのため、レオン、そなたを連れていくことは出来ぬ。あの神殿は、王家の中でも四英雄の血を色濃く受け継ぎし者でなければ、決して入れぬ場所なのだからな」

予想外の言葉に、俺は思わず目を見開いた。

「なん……だと？」

オリビアは言葉を失っている。

「お父様！　今なんと……」

ミネルバやレイアも驚愕したようにゼキレオスに尋ねる。

「陛下、それではアルファァリシア王家というのは！」

「まさか、四英雄の血脈を受け継ぎし者たちとでも仰るのですか⁉」

四英雄の血族だと……一体誰の血を受け継いだ者たちのことだ？

フレアとシルフィも驚いた様子で俺に言う。

「レオン！」

「やっぱり、一度その場所に行ってみる必要があるわね。レオン」

俺はシルフィの言葉に頷くと、ゼキレオスに願い出た。

「ゼキレオス王、俺をそこに連れて行ってくれ。その話を聞いた以上、俺には行く義務がある」

二千年前に一体何があったのか。あの後世界はどうなったのか。神話にも伝承にも残されていない真実。俺はそれを知りたい。

人狼の女王は、二千年前に起きるはずだったことが、この地で起きようとしていると言っていた。それが本当だとしたら、一体何が起きるというのか。その謎を解くカギがあるかもしれない。

ゼキレオスは俺を真っすぐに見ると首を横に振った。

「レオン、それは出来ぬと先程言ったはずだ。そなたがいかに優（すぐ）れた戦士といえども、四英雄の血を引く者でなければ……」

そう語るゼキレオスの目が見開かれていく。

「――‼」

その視線は俺の右手に釘付けになっていた。

そこに輝く真紅の紋章に。

「ま、まさか……あり得ぬ！　その紋章は‼」

オリビアは父王を見つめながら口を開いた。

「ええ、お父様。彼の本当の名は獅子王ジーク。もし、神殿に入るには四英雄の血脈である必要があるのなら、レオンほどそれに相応しい人物はいないわ。彼は四英雄の一人なのだから」

「信じられぬ。いや……あの剣の腕、そしてこれほどの精霊たちを従える力。そう考えれば全て納得がいくか。これほどの男がこの世界にいることもな」

ゼキレオスはそう呟くと、威厳に満ちた眼差しでこちらを眺めると俺に答えた。

「レオン、いや獅子王ジーク。そなたがもし真にその人だとするのならば、招かねばなるまいな、あの神殿に。あの場所についてはワシにも分からぬことが多い。だが、四英雄であるそなたならば、何か分かることがあるやもしれぬ」

「ああ、ゼキレオス王。俺をその場所に連れて行ってくれ」

俺の返事にゼキレオスは大きく頷くと席を立つ。そして執務室の奥の部屋へと続く扉を開けた。

「レオン。ワシと共に来るが良い、神殿へ案内しよう」

その部屋は書斎になっており、古びた書物が幾つも並ぶ大きな本棚が壁際にある。

ゼキレオスは分厚い本を一冊手に取ると、棚の奥に手を差し入れ、何かを回すように腕を動かす。

すると本棚がゆっくりと左右にスライドし、さらに奥へと続く通路が見えた。

現れた通路に、レイアが驚いたように声を上げる。

「こんな仕掛けが……」

ゼキレオスは頷くと言う。

「ミネルバ、レイア、そなたたちはここで待て」

「しかし陛下」

「心配はいらぬ。この先は秘密の通路になっておる、不心得者が入れる場所ではないゆえにな」

ミネルバは俺を見つめる。

「坊や、陛下とオリビア様を頼んだよ」

「ああ、ミネルバ」

俺の返事に安心したように、ミネルバとレイアは通路へと入っていく俺たちを見送った。

そして、壁にあるくぼみに、ゼキレオスが自らの右手に嵌めた指輪をあてがうと、まるでそれがカギになっているかのように、開いた扉が閉まっていく。

恐らく先程の本棚の奥にも同じ仕組みがあったのだろう。通路の中には照明はなく、周囲は闇に包まれている。

その闇にオリビアは思わず俺に身を寄せた。

「レオン……」

ゼキレオスは周囲を照らすための魔法を唱える。俺たち三人の頭上に淡い光が現れると、周囲を照らし出した。

その光に気を取り直したようにオリビアは俺を見つめる。

「お父様、ありがとう。行きましょう。レオン」

俺はオリビアの言葉に頷く。妖精姿のフレアとシルフィも俺の肩の上で同意した。

通路はすぐに行き止まりに突き当たり、そこから地下へと降りる石造りの緩やかな大階段があった。

俺たちはその階段を下りていく。

「シルフィ、ずいぶん長い階段ね」

「そうね、フレア」

精霊たちが俺の肩の上で語り合う。

下っていくうちに俺は気が付いた。階段を形作っている床や壁の石が途中から古くなっている。

この地下への階段の方が、明らかに城よりも古い時代に作られている。

つまりは城の地下にこれが作られたというよりは、この先にあるもののために、その上に城が作られたのだろう。

歴史あるアルファリシア王家でさえ、二千年前には存在してはいない。

だが、もし誰かが何かしらの意図を持って、歴史の中で形を変えながらこの場所を守ってきたとしたら、アルファリシア王家の前にもこの場所を守ってきた存在がいることになる。

「四英雄の血を引く者たちか……」

あの時、俺たちは死んだ。その血族が残っているとしたら一体誰の血を引いた者たちだ？

そんな中、階段が行き止まりに突き当たる。そこは古びた祭壇（さいだん）が作られた小部屋になっていた。

フレアがゼキレオスに尋ねる。

「王様、行き止まりよ？」

「精霊よ、案ずることはない。レオンと共にここに来るが良い。精霊と術者は魂で結ばれていると聞く。それが真なら、共にこの先に進むことも出来よう」

「この先に？」

行き止まりの小部屋での国王の言葉に首を傾げながらも、俺と一緒に、ゼキレオスがいる祭壇の上に進むフレアとシルフィたち。

オリビアもその後に続いた。

ゼキレオスは懐から小さな宝剣を取り出すと、鞘から抜いて指先を僅かに切り裂く。

そこから流れ出る血が、祭壇の床に沁（し）み込む様子を眺めながら、ゼキレオスは静かに詠（えい）唱（しょう）を始める。

「我が血潮（ちしお）はこの地を守護（しゅご）する証。この祭壇に集（つど）いし者の血に偽（いつわ）りがなければ、さらなる深淵（しんえん）に導くが良い。ヴェリタスダクティアス！」

その瞬間、俺たちが立つ祭壇の床に魔法陣が描かれていく。そして、陣の上に立つ者を選別するかのように、足元から淡い光で包み込んでいった。

光は次第に強くなり、周囲を白く染め上げていく。

そしてその光が収まった時、ゼキレオスが俺を見つめると口を開いた。

「やはり、そなたが四英雄であるというのは真実のようだな」

シルフィが周囲を見渡して叫ぶ。

「レオン見て！　ここは……さっきの小部屋じゃないわ！」

彼女の言葉通り、周囲には先程の小部屋とはまるで違った光景が広がっている。

俺たちは荘厳な雰囲気の通路の中に立っていた。柱や壁に施された彫刻は見事で、古い歴史を感じさせる。

そして、目の前には、巨大な神殿の入り口が見える。ゼキレオスが俺に言った。

「レオン、ここがそなたが来たがっていた神殿だ」

同時に、俺たちが立つ魔法陣はゆっくりと消えていった。

これは空間転移魔法だ。一体誰がこんなものを。余程の術者でなければこんなものは作れない。

仕組みは俺が使うポータルと同じだが、血によって相手を選び転送させる。しかも、術者がその場にいなくとも発動した。

この場所がもし、二千年以上前からここに存在するとしたら、その間、消えることなく機能を果たしていることになる。

そんなことが可能なのか？　あのポータルは俺の魔力を力の源にして維持されている。

だとしたら、この魔法陣を維持する力の源は一体なんだ。

シルフィも同じことを思ったのだろう。通路の先を見据えて俺に声をかける。

「行きましょう、レオン。答えがあるとしたらこの先のはずよ」

「ああ、そうだなシルフィ」

シルフィとフレアはいつの間にか白狼の姿と、鬼の少女の姿にその身を変化させている。この先に何があってもいいように警戒をしているのだろう。オリビアが俺を見つめる。

「行きましょう、レオン」

俺たちは神殿へと続く通路を歩く。そして、その中へと入った。

「これは……」

思わず言葉を失うような光景がそこには広がっていた。

地下にあるとは思えないほどの高い天井と広い空間。そこは白く淡い光を放つ石材による荘厳な造り（つく）の大聖堂になっている。

周囲を照らしていたゼキレオスの魔法もここでは必要ない。

大聖堂の奥には大きな扉が見える。

そして、聖堂の周囲の壁には、四人の男女の姿が描かれていた。

オリビアはその見事な壁画を眺めながら俺に言った。

「壁に描かれた四英雄の姿。レオン、覚えているでしょう？　私が貴方に初めて会った時に話したのはこの光景のことよ」

俺は王女の言葉に頷いた。あの時、オリビアから聞いた話の通り、壁には俺たちの姿が描かれている。

右手に青い紋章を輝かせて、杖を手に祈るエルフの聖女の姿。それは水の女神と呼ばれたアクアリーテだ。

そして雷を帯びた紋章を持つ男、雷神エルフィウス。

さらには紅蓮の髪を靡かせて剣を構える俺の姿も、まるで生きているかのように見事な技巧で描かれている。

オリビアはその壁画を眺めたまま俺に尋ねた。

「レオン、獅子王ジークである貴方や水の女神と呼ばれたアクアリーテ、そして雷神エルフィウスのことは、今でも多くの伝承に残されているわ。二千年前の話だもの、風化しつつはあるけれど確かにその名前も伝えられている。でも最後の一人、この人物に関してはまるでその名を口にするのがはばかられるように、伝承にも一切その名が残されていない。それは一体どうしてなの？　それに貴方は、四英雄の中に裏切者がいたと言っていたわ」

オリビアの視線は壁画に描かれたその男を見つめている。

ゼキレオスもオリビアと共に、壁にあるその男の絵を眺めていた。そして俺に尋ねる。

「裏切者だと？　それは、一体どういうことなのだ。彼らは多くの魔を倒し、世界を救った英雄と称えられている。だが、確かにこの男の名だけは歴史に刻まれてはいない。レオン、そなたならばこの男のことを知っていよう？」

ゼキレオスは続ける。

「一体二千年前に何があったというのだ？　オリビアの強い願いゆえ、そなたには打ち明けたが、ワシは先代の王である亡き父より、王家が四英雄の末裔であることは公にせぬようにと言われた。それがこの男にも関係があることなのか、ワシも知りたい。そして王家にいつか生まれるという、あの扉を開けられる者。その者がやるべき使命が何なのかということもな」

そう言ってゼキレオスが目をやったのは、大聖堂の奥へと続く大きな扉だ。

それはあまりにも巨大で、人が開けられるようなものには見えない。

「あの扉を開けられる者だと?」

俺はゼキレオスに問い返す。

「そうだ。時が来ればその者があの扉の前に立ち、その手をかざした時、そこに輝く紋章が扉を開くと。父上は、その者が神のごとき力で地上を平定し、世を楽園に導くと信じておられたのだ。それが真実かは分からぬが、ワシもこの場所で父上から王位を継いだ時に、神殿より神託を得た。いずれ生まれるその者のために、この場所を守護するように、とな。それが我がアルファリシア王家の使命だと聞かされたのだ」

オリビアは扉を眺めながら訝しげに首を傾げた。

「王家にいずれ生まれる者? その手にはレオンと同じように、四英雄の証である紋章があるとでもいうの? お父様!!」

「オリビア、神託を受けたワシ自身でさえ、そんな話を今までは信じておらなんだ。だが、あり得ぬことではあるまい。実際に我らの前に、二千年の昔に『英雄紋』と呼ばれた紋章を持つ者が現れたのだからな」

　俺のことを言っているのだろう。ゼキレオスはこちらを見つめる。

「そのような者が王家に現れても、おかしくはあるまい」

「確かにな。俺も二千年前の仲間たちを探すために旅を始めた。もしかしたら、この時代に俺と同じように生まれ変わっているのではないかと思ってな」

　オリビアは首を横に振る。

「今の王家にはいないわ。私にもクラウスお兄様にも、そしてジュリアンにもそんな紋章はないもの。あれば、お父様に打ち明けているはずだわ」

　俺はゆっくりと聖堂の奥の扉に歩を進める。

「俺以外に、この世界に四英雄の誰かが生を受けているのかどうかは分からない。だが、ここまで来た以上、あの扉の奥に何があるのか知る必要がある」

　人狼の女王の言い残した言葉も気になる。

　扉の奥にあるものがそれに関係しているとしたら、俺にはそれを知る義務がある。

　この神殿は四英雄の誰かに関係する者が作ったに違いないのだから。

　扉の前に進み出た俺の隣に、ゼキレオスも立つ。

「よかろう、レオン。ワシもこの扉の奥に何があるのかを知りたい。そして、我がアルフアリシア王国が何のために存在するのかもな」

フレアとシルフィ、そしてオリビアも大きく頷く。

目の前にある巨大な扉にも俺たち四英雄の姿が刻まれている。

左にアクアリーテ、右にエルフィウス、そして中央に二人並んで立つのが俺と……あの男だ。

オリビアがそれを見つめながら言った。

「以前ここに来た時も思ったのだけれど、中央に立つ二人、どこか似ているわ。一人は獅子王ジーク。レオン、貴方よね」

「ああ、そうだ」

俺は自分の隣に刻まれた男を睨んだ。俺たちを裏切ったその男を。

シルフィが静かに、だが唸るようにオリビアに答えた。

「似ているはずよ。この男の名は光帝レディン、光の紋章を持つ男。そしてレオン、いいえ獅子王ジークの父親なんだから」

その言葉にゼキレオスとオリビアは息を呑む。

「光帝レディン……」

「まさか、貴方の父親だって言うの⁉」

俺は怒りを込めて扉に刻まれた男を見上げ、そして答えた。

「そうだ。四英雄の一人。そしてあの時、俺たちを裏切った男だ」

この扉の奥に一体何があるのか、それはあの男に関係しているのか。

二千年前の因縁（いんねん）にケリをつけるためにも、俺にはこの扉を開ける必要がある。

俺はゼキレオスが言ったように、扉の前に右手をかざそうとした。

その時——

「レオン、いや獅子王ジーク。お前をその先に行かせるわけにはいかん。扉から離れてもらおうか」

男の声が静かに聖堂の中に響いた。

俺たちはその声がした方向、聖堂の入り口を振り返る。

そこに立つ男を見て、オリビアは思わず声を上げた。

「シリウス！　どうして貴方がここに⁉」

見知った顔に、オリビアが歩み寄ってその理由を尋ねようとしたが、ゼキレオスは娘の腕を掴むとそれを押しとどめる。

「オリビア、行ってはならぬ。シリウス、どうしてそなたがここにいるのかを問う前に、一つ答えてもらおう。一体どうやってここに入ったのだ？」

それは、自らの護衛を務める、信頼すべき黄金騎士団の団長を見る目ではない。

別の何かを見るようなその瞳。

当然だろう。いくらシリウスが腕の立つ剣士だといっても、それだけではここに入ることは出来ない。

だとしたら、こいつは……

例の闇の術師は言っていた。『この時代を生きている四英雄は貴方一人ではない……少なくとも他に一人私は知っている』と。

俺は、腰から提げた剣を抜くと、ゼキレオスとオリビアに伝える。

「二人とも下がってろ。ここから先は俺たちの問題だ」

「レオン‼」

そう叫び、こちらに駆け寄ろうとする娘の体を、ゼキレオスが抱き留めて制する。

「リヴィ、行くでない。レオンの言っていることが間違いでなければ、我らでは邪魔にしかならぬ」

ゼキレオスも騎士王と呼ばれるほどの剣士だ。こちらにやってくる男から放たれる殺気が本物だということは分かっているだろう。

副長であるセーラ自身が言っていたように、この男から感じる力は彼女よりも遥かに上だ。

そして、この男が仮面を取った時、無敵の力を発揮すると言われている。

俺はシリウスに向かって歩を進めると問いかける。

「シリウス。その仮面を取ってもらうぞ。無敵と呼ばれるお前の力、それが何なのか俺は知る必要がある」

俺はそのために旅に出たのだから。

二千年前の仲間を探すために。そして、あの時のケリをつけるために。

あの鎧と仮面によって霧のように隠されている力が、一体どちらの男の力なのか。

友であるエルフィウスか、それとも……

俺たちは共に神殿の中央に進み出ると、剣を構えて対峙した。

シリウスは静かに俺に答える。

「この仮面の奥が知りたいのならば、お前がその手でやることだ。獅子王ジーク」

「いいだろう。黄金の騎士シリウス。見せてもらうぞ、お前の力を」

聖堂の中に凍り付くような緊張感が走る。

この男が俺が考えている男のどちらだとしても、一瞬の迷いが死に繋がる相手だ。

「レオン！」

「気を付けて‼　この殺気は本物よ！」

フレアとシルフィの叫びと共に、彼女たちの力が高まっていくのが分かる。

「ああ、どうやら本気らしい」

ならば、この男は友であるエルフィウスではあり得ない。

やはりあの男か。俺の剣にも殺気が満ちていく。

もしそうであるならば、今度こそ倒すべき相手だ。

俺はシリウスを睨みながら告げる。

「あの時、何故俺たちを裏切った。いや、もうそれは問うまい。今度こそ死んでもらうぞ！　レディン‼」

この男を生かしておくわけにはいかない。

もしも、俺がこの時代に転生したことに意味があるとしたら、きっとこのために生まれたのだろうから。

時が止まったような静寂の後、目の前に立つ男の姿が霞むように消える。

それと同時に俺も一気に踏み込んだ。

「おおおおおおお‼」

凄まじい速さの剣が俺の首筋をかすめる。同時に俺も奴の仮面へ一撃を加えた。

一瞬の攻防が幕を閉じ、俺たちはすれ違う。

俺の頬に浅い傷が生じると同時に、奴の仮面の同じ場所にも亀裂が入り二つに割れる。

オリビアが声を上げた。

「シリウスの仮面が‼」

黄金の騎士と呼ばれた奴の仮面は砕け、地面に転がっている。

そして、その仮面の奥から現れた顔がこちらを見つめていた。

「久しぶりだな、ジーク」

男は静かにそう言った。

金髪の端整（たんせい）な顔立ちの男だ。その顔に見覚えはない。だが鋭くこちらを見つめる黄金の瞳には、かつての面影（おもかげ）がある。

そして、仮面が砕かれ、隠し切れなくなった奴の力が、その右手に紋章を浮かび上がらせた。黄金に輝く雷の紋章を。

俺は思わず叫んだ。

「馬鹿な！　その紋章はエルフィウス‼　どうして、お前が……何故だ！！」

こいつが本当にエルフィウスなら、どうして俺たちが戦う必要がある？

「その問いに答える必要はない。ジーク、お前はここで死ぬことになるのだからな」

次の瞬間――

凄まじい力を持つ何かが、俺たちの頭上、聖堂の天井近くに現れるのを感じた。

シルフィがそれを見て、ゼキレオスとオリビアに叫んだ。

「二人とも伏せて！」

エルフィウスの紋章に凄まじい力が凝縮（ぎょうしゅく）するのと同時に、天井に現れたそれが強烈な雷を放つ。

恐ろしいほどの衝撃が俺の体を襲った。俺の周囲の床がひび割れ、瓦礫が塵にまで砕かれて煙のように周囲に舞い上がる。

「レオォオオン！！！」

オリビアの悲鳴が辺りに響き渡る。そして、王女は頭上に現れたそれを見て、声を震わせた。

「そんな、レオンが……あれは一体なんなの？」

聖堂に現れたのは一匹の獣だ。

シルフィは唸り声を上げながら上を見つめている。

「神獣と呼ばれる獣、麒麟オベルティアス。エルフィウスの使い魔よ」

ゼキレオスが呻くようにこぼす。

「麒麟オベルティアス、神獣だと？　まさか、そんなものを従えるとは。これが四英雄、雷神エルフィウスと呼ばれる男の力なのか」

オリビアは涙を流しながら叫んだ。

「お父様！　レオンが、レオンが‼」

二人を守るように立つシルフィが、オリビアに答える。

「オリビア、レオンは死んでなんかいないわ。相手がたとえ四英雄だとしても、レオンもその一人なんだから」

舞い上がる塵の中で、俺は静かに頭上を見上げていた。

そして、傍にはフレアがいる。

額の角に凄まじい神通力を集めて、俺を見つめていた。

「レオン、貴方を殺させたりなんかしない。たとえ、相手がエルフィウスであったとしてもね」

フレアの周囲に湧き上がる炎は、次第に人の形を作り上げていく。

そして、フレアを守るように後ろからその手をそっと握っていた。

鬼神と呼ばれたほむらの力だ。

「約束したはずよ。その時が来たら躊躇なく獅子王の力を使ってと。私はこんなところで死ぬつもりはないわ。また会うってアスカと約束したもの。それにティアナやロザミア、そして子供たちが私たちを待ってる！」

フレアとほむらがいなければ俺は今、死んでいただろう。

フレアの言う通りだ、二千年前のことにケリをつけること以外にも、俺にはこの時代に生まれてきた意味がある。

それを教えてくれた者たちのためにも、俺はここで死ぬわけにはいかない。

俺は人狼の女王と雌雄を決した時のように、自分の姿が変わっていくのを感じた。

かつて、俺が獅子王ジークと呼ばれていた頃の姿に。

そして、目の前に立つ男を見つめる。

「エルフィウス、俺はここで死ぬつもりはない。何故お前が俺に剣を向けるのか、そしてこの神殿の扉の奥には一体何があるのか、お前には全てを話してもらうぞ」

俺はかつて友と呼んだ男にそう告げると、再び剣を構えた。

# あとがき

この度は文庫版『追放王子の英雄紋！３～追い出された元第六王子は、実は史上最強の英雄でした～』をお買い上げいただきまして、ありがとうございます。作者の雪華慧太です。

おかげさまで文庫版も第三巻となりまして、今回も原稿を読み返しながら執筆していた当時を懐かしく思い出すことが出来きました。この巻ではレオンや仲間たちの活躍はもちろん、遥か二千年前の出来事である精霊フレアの過去も描かれていきます。

彼女とほむらの物語は私自身とても好きなんですよね。ほむらのために命を懸けて戦ったフレアと、そんな娘を救おうと命を捧げたほむら。血は繋がっていなくても二人はとても深い愛情で結ばれた母子です。

死を覚悟したフレアがほむらに伝えた言葉「ほむらは、私の大切なお母さんだから」。それは、ずっとフレアが伝えたかった思いです。独り(ひと)ぼっちだったフレアにとって、ほむらは母であり光だったんですよね。

そんなほむらが灯したフレアの炎がレオンを救うことになります。フレアにとってはもう、レオンやシルフィも大切な家族なんですよね。それはレオンにとっても同じことで、フレアを侮辱した高慢な王弟に「勘違いするなよ、俺は怒ってるんだ。お前のような男が俺の家族を侮辱したことをな」と、一歩も引かなかった姿は書いていて胸がすく思いでした。

そして第三巻の最後でレオンたちは過去の彼らに大きく関わる人物と再会することになります！　是非、彼らの冒険の行く末を見守っていただけますと嬉しいです。

なお、前巻でもご案内した通り、本作はありがたいことに漫画家のトモリマル様の手により、アルファポリスのＷｅｂサイトで絶賛連載中です。よろしければ、そちらもお読みいただけますと幸いです。

最後になりましたが、この作品のためにとても素敵なイラストを描いてくださった紺藤ココン様、また様々なお力添えをいただいた関係者の皆様に感謝いたします。

そして、読者の皆様に改めて心からお礼を申し上げます。

それでは次巻でも、また皆様にお会い出来ることを願っています。

二〇二三年十月　雪華慧太

アルファライト文庫

この作品に対する皆様のご意見・ご感想をお待ちしております。

おハガキ・お手紙は以下の宛先にお送りください。

【宛先】

〒150-6008 東京都渋谷区恵比寿 4-20-3 恵比寿ガーデンプレイスタワー 8F
（株）アルファポリス　書籍感想係

メールフォームでのご意見・ご感想は右のＱＲコードから、
あるいは以下のワードで検索をかけてください。

ご感想はこちらから

アルファポリス　書籍の感想

本書は、2021 年 9 月当社より単行本として
刊行されたものを文庫化したものです。

# 追放王子の英雄紋！ 3

## ～追い出された元第六王子は、実は史上最強の英雄でした～

**雪華慧太（ゆきはなけいた）**

2023年 10月 31日初版発行

文庫編集－中野大樹／宮田可南子
編集長－太田鉄平
発行者－梶本雄介
発行所－株式会社アルファポリス
〒150-6008東京都渋谷区恵比寿4-20-3恵比寿ガーデンプレイスタワー8F
TEL 03-6277-1601（営業） 03-6277-1602（編集）
URL https://www.alphapolis.co.jp/
発売元－株式会社星雲社（共同出版社・流通責任出版社）
〒112-0005東京都文京区水道1-3-30
TEL 03-3868-3275
装丁・本文イラスト－紺藤ココン
文庫デザイン―AFTERGLOW
（レーベルフォーマットデザイン－ansyyqdesign）
印刷－中央精版印刷株式会社

価格はカバーに表示されてあります。

落丁乱丁の場合はアルファポリスまでご連絡ください。

送料は小社負担でお取り替えします。


ISBN978-4-434-32782-7 C0193